edith NÓS

são bernardo sitiada

e outros contos de
paulo junior

A todos que sofrem desta doença chamada cidade.

Melhor, para a ideia se bem abrir,
é viajando em trem-de-ferro.
Pudesse, vivia para cima e para baixo,
dentro dele.

Riobaldo, em *Grande Sertão: Veredas*
JOÃO GUIMARÃES ROSA

são bernardo sitiada

Quando me perguntam que cor tem a vista da varanda, digo um bege apressado, acho que do rastro dos carros cortando os pés dos muros, mas pode ser só miopia, um castanho indeciso, quando as árvores atravessam o plano da fileira de prédios, um azul invadido, para os dias de verão, um constrangimento marrom, para os finais de tarde de fumaça, conto que são nem vinte passos até a banca, um latifúndio para desistir de comprar o jornal, uma fileira de bancas vazias, nem vinte casas, nem vinte capas, passos que desistem, um domingo de páscoa de rua aliviada, a caçar ruídos distraídos, apostar corridas entre as gotas que escorrem nos vidros das janelas, jovens batendo um violão e urrando canções para quem tem igreja, entregas dos apartamentos em novembro, os vidros e as janelas fechadas, mas já é final de março no residencial Florence, ecos nos corredores, alguém vai perguntar quanto custa na segunda-feira de manhã.

Interessados poucos, curiosos muitos, se o bairro é violento, se a rua é barulhenta, se o vizinho bate panela, se passa muita moto depois da meia-noite, se o caminhão do lixo encosta bem debaixo de onde vou dormir, sabe como é, em São Bernardo não se come nem coxinha sem baixar a capivara do boteco. Mantenho a compostura do ganha-pão e pinto um paraíso de giz pastel na testa de cada marido recém-casado, meu amigo, já posso ver as crianças correndo ali no parquinho, de falso só o abraço, deposita o sinal que lhe dou a chave amanhã.

A Rua das Estribeiras parece a perna ralada de um motoboy que caiu na Marginal: lá da cintura vem descendo mais larga, com calçadas desniveladas, degraus trocando empurrões, raízes de árvores para despejar imundices, portões que avançam sobre os pedestres, paralelepípedos enciumados pelo asfalto que começa pouco acima do joelho, uma falsa rotatória inútil que contorna uma cratera eterna, na canela tudo é chão – terra, pedra, respingo de tinta –, e o único sorriso que se vê é o do bueiro, boca aberta e língua de fora, para despencar no pé esgoto aberto, ao calcanhar, um terreno baldio, à ponta dos dedos, a vida segue feito unhas encravadas.

O último canto que escapa da inércia é a curva da escola, mas ali já é a rua de baixo, porque na Estribeiras mesmo tira o vai das oito e o vem das cinco e sobramos eu e as brigas de cachorros com carteiros. O tamanho da pasmaceira num chamado de polícia, para reprimir um violinista do prédio em frente que saiu na varanda só de cueca e com o instrumento em mãos procurando pelo vizinho incomodado, apareça, filho da puta!, e a PM sem ter ninguém para conversar, discutindo com o botão eletrônico.

É que no Brisa, nosso edifício concorrente do lado de lá, os porteiros foram todos embora sexta-feira, agora é eletrônico, nuvem, telemarketing, você vai na casa do seu amigo e conversa com alguém na Tailândia, em Manaus, depende do turno, o que me dá a condição de único funcionário vivo em carne e osso na rua toda.

– Olá, eu liguei na imobiliária e me disseram que podia vir conhecer o apartamento que tá para alugar.

– Claro, pode entrar, qual o seu nome?

– Clara.

– Roberto.

São dois elevadores, social e de serviço, aqui a entrada para a escada, vamos subir?, vou te mostrar um do quarto andar que tá limpinho, pintadinho, inclusive já com a parte elétrica toda bem acabada, você vai adorar, pronto, aqui, essa é a sala, aqui a cozinha americana e a lavanderia, a varanda que dá para a rua, rua sossegada, viu, uma beleza, e aqui os quartos, uma suíte bem grande, e o outro, um pouquinho menor, mas espaçoso também... que achou?

– Se eu chupar teu pau, faz por mil e duzentos?

– Quê?

– Se eu chupar teu pau agora, porra, mil trezentos e cinquenta é caro para mim, eu chupo teu pau e você diz que só conseguiu alugar por mil e duzentos.

– Nossa... caralho. Tá.

– É brincadeira, porra. Cê acha que vou te chupar? Valeu, qualquer coisa eu ligo. Mil e duzentos, tá, contraproposta.

Nunca mais pisei no 42, mulher maluca, pior que ligou no dia seguinte e eu não atendi, também cansei de ir chorar desconto na mesa do filho do Abdias, não bastasse ser mão de vaca é burro, vai mofar com esse concreto inabitado, olha a grana que esses caras gastaram num prédio na Estribeiras, velho, era só ter me perguntado antes, quem quer morar aqui pagando mais caro que no centro? Pior também é o patrão, aí sim o Abdias, o velho é mais gente boa que o filho, mas fica me cobrando que em três meses não consegui ficar nem perto de fechar uma venda ou locação, nem um envio de documentos, uma baixa no Serasa para contar história, nem antes disso eu cheguei, uma busca num CPF qualquer, nada, um completo fracasso.

A corda no pescoço, já é abril, vai dar o mesmo tempo que o seu Junqueira levou para ser mandado embora, mas acredito que o fiasco dele é maior, ele pegou o superlançamento com propaganda no jornal e homem-placa no farol em frente ao shopping, eu só vim na rebarba, quando a missão já era impossível, a vaca no brejo, e aí também a história de crise e tal.

– Oi, eu quero alugar o 23.

– Bom dia, como o senhor se chama?

– Sérgio, tudo bem?, ainda tá livre o 23?

– Sim, mas o senhor não quer visitar?

– Já visitei, faz tempo, acertei as contas, quero alugar.

– Maravilha, aqui o cartão, só enviar então cópia autenticada de RG e CPF, cópia do...

– Já sei, já sei, tô ligado.

– Bom, então...

– Valeu, até.

Para derrubar qualquer ateu, uma locação em um minuto, eficácia de dar inveja naquele babaca que dá o curso para os corretores na Berrini, um minuto, meu velho, alô, seu Abdias?

– Alô.

– Seu Abdias, aluguei um apartamento.

– Já sei, o Sérgio, meu amigo, eu que ajeitei tudo, abraço!

– Calma, seu Abdias, vamos acertar isso, não?

– Vai dizer que você foi o corretor da locação? Para, Roberto! O cara passou aí porque sem os documentos no seu e-mail pode dar merda. Eu que ajeitei tudo, saí oferecendo os apartamentos para cidade inteira, já que ninguém consegue alugar essa porra.

– Quer dizer que não vou ter comissão?

– Comissão? Porra, Roberto, tá de brincadeira comigo, quatro meses com você tomando sol nesse nariz branco e meu prédio vazio, cacete!

– Seu Abdias?

– Fala, Roberto.

– Tô me demitindo.

– É o mínimo que você pode fazer.

– Vá tomar no seu cu.

Da varanda, um cinza expansivo me medindo da cabeça aos pés, e surge na calçada um casal sorriso laranja que acena e resmunga se pode conhecer o prédio, para eu descer a escada, entregar o molho de chaves na mão da garota e dar meu último boa tarde antes de sumir na esquina torta.

Perdi a Estribeiras e agora, quilômetros de distância, a saudade é da varanda onde pintava minha paleta de tons, é isso o que eu posso fazer, é isso o que eu faço, acho, com os olhos que se ocupam por não ter tanto o que buscar, pelo menos até esbarrar em outro borrão pela cidade.

– Alô.

– É a Clara, queria saber do apartamento.

– Hoje foi meu último dia.

– Porra... férias?

– Não, saí mesmo.

– Porra... e tem outro número para me passar?

– Não.

– Porra...

– Mas sabe se já alugaram?

– Roberto?

– Roberto?

Vão acendendo os primeiros postes da noite úmida, a Serra do Mar, ali ao fundo, sopra sua neblina que toma todo o lado de cá da Anchieta, e o telefone que escapa da minha mão estoura numa pedra, explode em faíscas e me desfaz daquela casca, melhor assim, alguém no boteco disse que o Roberto foi mandado embora, fui eu quem me demiti, as bolas coloridas pares e ímpares passeando sobre a mesa, se demitiu?, quem sabe não me resta conseguir uma grana para comprar uma viagem qualquer, me demiti, a branca suja cai com a tristeza que já é de seu costume, de meu costume também, pensando bem eu sei dizer o que eu teria a perder, por enquanto só a onça dobrada debaixo do copo, taco apoiado na parede, dois tapinhas no balcão.

quando éramos dois

A história é brasileiríssima, escondida num descampado a cada esquina debaixo do seu nariz: moravam na mesma rua um violento bandido local e um violento policial militar recém-chegado, que mesmo sem muitos detalhes das andanças do mal encarado casas acima, casas abaixo, já não se bicavam em silêncio à distância, até que um dia um grande amigo do bandido entrou no bar com um cigarro de canto de boca, meio caindo, tem fogo?, e o policial, único do lado de cá do balcão, tenho!, e sacou o revólver da cintura para acertar o peito do amigo do bandido, mas o bandido ouviu, PÁ!, e subiu na laje para ver de onde vinha aquele estouro, o dono do boteco com as mãos na cabeça, o amigo, reconhecido pela rotina dos pés descalços, abraçado à poça de sangue, e o policial andando, passos firmes em direção ao fim da via, sumindo no corte de luz que o sol fazia pouco depois do almoço, mas bandidos são bons observadores, sim, esse cuzão volta com o filho da escola às seis, e ficou lá esperando, sobre o telhado ao lado, para quando visse os dois chegando, o velho e o garotinho, se vingasse na mesma moeda, dizem até que também gritou tem fogo? antes de duas balas em cheio nos miolos dos vizinhos, PÁ!, PÁ!, e caídos no chão eram mais parecidos que andando, e o bandido voltou para casa, pronto para anotar mais uma caçada de vingança, amanhã ainda preciso acordar cedo para enterrar o Joãozinho, e deitou na cama, lembrou que era ele quem tinha colocado esse apelido, Joãozinho, e o cabra chamava Edmilson, por que Joãozinho?, é que ele quando era moleque ele ficava meio quieto, no canto, ficava meio, assim, Joãozinho, sabe?, e virou a cabeça no travesseiro quando teve a casa invadida, um, dois, três já entrando, quatro-cinco, seis-sete, oito na moto, nove na outra noto, dez-onze-doze-treze, eram muitos e lhe agarraram as mãos em algemas e foram espancando o bandido do carro até a penitenciária, e por assim ficou a sua rotina, dez anos na cadeia apanhando dia sim, dia também, com o cuidado milimétrico de deixá-lo caído a um sopro da morte, só para ter mais no dia seguinte, e dia seguinte, e dia seguinte, e um dia saiu da prisão e nunca mais ninguém viu.

Mas a história desse conto não é sobre o bandido, é sobre o cara que viu tudo e me contou. O filho do dono do boteco.

São apitos de pés tocando o chão que ganham a sala pela janela, mas não são meninos brincando numa quadra, porque não tem meninos aqui no prédio, não tem nem quadra, não é também uma aula de capoeira para brancos a preços populares, não tem nem populares aqui no prédio, imagina os preços, também não é uma oficina de zumba para a terceira idade, quem aqui chega até a terceira, quem sabe mesmo o que é zumba, e a gente passava as manhãs de domingo conversando sobre esse grande nada, os barulhos, as imagens, as lembranças, competindo quem teria a melhor cena para descrever.

– Que você acha daquela pintura isto não é um cachimbo?

– Acho legal.

– Não, porra, quero sua opinião de verdade, legal, que é legal?, acha que o cara teve uma sacada, acha que o cara tá de sacanagem, acha que essa porra ficou mais famosa do que deveria, que você acha, o cidadão vai lá, desenha um cachimbo e escreve que não é um cachimbo, pensa bem nisso, e aí?

– Cara, eu acho legal.

– Olha aqui para mim, olha no meu olho, porra. Você acha que esse cara quis causar uma reflexão sobre o papel da imagem, e pensar que ele estaria negando o que estamos vendo, porque, porra, é claro que se você pinta um cachimbo num papel aquilo não é um cachimbo-cachimbo, não dá para botar na boca, quer dizer, dá para botar o papel na boca, mas velho, pensa comigo, eu desenho uma bola na minha testa, você me fala caralho, uma bola na sua testa!, e eu te falo que isso não é uma bola?

– Cara, você tá chapado.

Esse era meu amigo Zico. Aos finais de semana me procurava para gastar o tempo fritando a cabeça, testando a sensibilidade para coisas sem nenhum sentido, e a TV muda no futebol, geralmente com ele falando muito mais, gesticulando, e vai do sofá para a cadeira, e abre a geladeira só para bater a porta, e cheira a panela abandonada suja decorando o fogão.

– Você acredita em traumas de infância?

Era domingo, macarrão com molho de tomate e pedaços de salsicha na travessa de vidro, coca-cola na garrafa retornável, o Galvão Bueno berrando na transmissão da

Fórmula 1, da cozinha se grita o familiar vem almoçar!, do quarto se escuta o esperado vem almoçar!, e correm ambos, irmã mais velha e irmão mais novo, são só os dois, mas tinha um batente no meio do caminho, a menina, correndo na frente, fecha a porta para ganhar a disputa com o caçula, que busca um impulso na dobradiça para ver um bom pedaço do dedo médio ficar pendurado por um filete de pele, o médico diria que por sorte não pegou a articulação interfalangiana distal, mas o que marcou os pais é o fato de o garoto não ter chorado, pelo contrário, foi o próprio que segurou com a mão esquerda – esta intacta, cinco dedos, todas falanges em formação perfeita de acordo com idade e espécie – aquele toco, centímetro, que foi costurado pelo doutor.

– Eu tenho medo de dobradiça de porta.

Zico ainda toca o boteco do pai, no mesmo lugarzinho, mas desde que assumiu a bodega tem fechado aos finais de semana, agora só abre de segunda a sexta e para o almoço, acha que assim é mais tranquilo, acorda cedo, passa na feira, chega lá na cozinha umas sete, prepara os panelões de arroz e feijão, vai ajeitando as misturas possíveis, risca na lousa os pratos do dia e fica esperando os peões chegarem a partir das onze e meia, e já ouviu essa?, o gerente do Bradesco que me contou, tem um gringo, um cara da Lituânia, veio aqui no Bradesco ali da Jurubatuba porque parece que estava fazendo um curso no Brasil e teve uma visita à agência, sei lá, e aí o maluco quando voltou para o país dele perguntaram se ele tinha conhecido as comidas típicas do Brasil, e sabe o que o alemão respondeu?

– Alemão?

– Alemão é modo de dizer, porra, lituânio, lituanês, sei lá.

– Ahn.

– Falou que o melhor prato no Brasil é o comercial.

– Ué, e daí, não entendi.

– Cacete, anda lerdo, hein. O gringo acha que co-mer-ci-al é o nome de um prato. Tipo você perguntar para alguém qual o seu prato preferido e o cara responde que é o comercial. Mas comercial não é um prato, um prato é filé com fritas, bife acebolado, macarrão com frango.

– É o quê então?

– Cacete, pode crer, é o quê? Uma montagem de prato? Uma categoria?

– Sei lá, Zico, foda-se.

Nossa amizade começou na época da faculdade, entramos juntos, e a gente se encontrava todo dia de manhã na rodoviária de São Bernardo e não se desgrudava mais. Eu acordava seis e quinze e pegava uma carona até lá, encontrava com o Zico já na fila do trólebus e a gente chegava umas sete e meia no Jabaquara, descia a escada comendo aquele saco de pão de queijo fedido e tomava o metrô até a Santa Cruz, andava mais uns quinze minutos e batia o cartão de estagiário numa biblioteca, enrolava nas tarefas do período da manhã inventando papo, saía para almoçar, o crachá pendurado apoiado na pança, os mais moderninhos vestindo os óculos escuros, uma importantíssima discussão sobre onde vamos hoje, naquele lugar que cabe no vale-refeição mas tem salitre no arroz, ou no falso-chique de mesas de madeira que quebram o orçamento antes do dia 15, e o pior, o Zico, puta que o pariu, o Zico falando que no boteco do pai dele a feijoada é boa para caralho, vocês precisam ir um sábado lá, vinte paus com duas caipirinhas, olha isso, velho, olha esse teco de rabo de porco, isso aqui tá nojento, e a gente voltava às duas com ele enchendo o saco, roubava mais um pouco no turno da tarde e fazia o caminho de volta para estudar, subida de quinze a pé, Terminal São Caetano, em dia ótimo a gente chega no horário da aula, em dia normal naufraga no trânsito, quando chove senta e chora na beira do Tamanduateí.

– E aí, São Bernardo, veio no das seis e quarenta?

Tinha esquecido do Marcão. O Marcão morava em Diadema, arrumava os computadores lá da biblioteca, e por mais que a gente tentasse evitar bastava eu chamar o Zico para buscar um café do outro lado das estantes que a gente cruzava com o Marcão, um cara que UMA VEZ encontramos no trólebus, logo no começo do ano, e passou a temporada inteira, diariamente, puxando o mesmo assunto, fazendo o mesmo comentário, perguntando que ônibus a gente tinha tomado, sendo que a gente nunca sabia ao certo, mas o Marcão, o Marcão é uma mala clássica de esbarrar na máquina de café, ele sabia todos os horários dos embarques da rodoviária, de quanto em quanto, qual que dá para ir sentado, qual para no Piraporinha, quando tem menos chances de subir num com ar-condicionado, e essa é a participação dele, um ano todinho, do começo das aulas em fevereiro ao recesso de Natal, perguntando em que ônibus a gente tinha vindo hoje.

– E aí, São Bernardo, pegou cheio?

– Foi tranquilo hoje.

– Eu peguei aquele motorista das seis e meia em ponto, aquele louco que eu te contei, outro dia atropelou um cara ali na subida da divisa.

– Pode crer.

Agora, tem uma coisa bonita na rotina insuportável do minuto em que a gente passava com o Marcão. Ele chamava a gente de São Bernardo, e aí, São Bernardo, pegou que horas?, e sempre no singular – o São Bernardo, no caso, éramos eu e o Zico.

A coisa fluía tão bem que a gente se relacionava praticamente com as mesmas pessoas. A Vera do RH, por exemplo, era uma versão 2.0 do Marcão Itinerário, porque mantinha sempre os mesmos assuntos, mas no nosso caso ela tinha um para cada um.

– E a lente de contato, ainda tá usando?, já te contei que minha filha precisou operar a vista por causa disso aí, né, deu uma infecção que não tinha mais o que fazer, eu gastei trezentos reais com um colírio que veio da França, demorou um mês para chegar, e nada, aí fez a cirurgia, ficou dois meses sem poder receber luz num olho, saindo de tampão, passando vergonha na rua, e o médico disse para ela sabe o quê?

– Que a lente de contato é a pior invenção depois da bomba atômica.

– Ah, já tinha te contado?

Essa era para mim. Tudo porque quando fui preencher a porcaria do cadastro de estagiários coloquei que tinha miopia, ela me viu sem óculos e pronto, toma história.

– Achou seu PIS?

– Não.

– Tem que ir na Caixa, não tem agência da Caixa perto da sua casa?, olha, eu já te falei, se a gente não acertar seus documentos até o fim de novembro, depois não vão te contratar e não vai ser culpa minha, já aconteceu isso antes, tinha estagiário que perdeu o emprego porque não tinha como fazer o registro na carteira aqui.

– Tá.

Essa era para o Zico, mas ele não se importava, porque na verdade gostava de se manter sempre meio que de saída, então prolongava e tinha preguiça de assumir logo que não estava nem aí, mas já tinha decidido que, na volta do Ano Novo, ia começar a tocar o bar do pai dele, dava mais grana, o velho doente, e a biblioteca não tinha futuro.

– Sabe o que mais me incomoda da Rita?

– A história dos documentos?

– Não, essa camiseta que ela vem às vezes.

– Nossa, nunca reparei na Rita, qual camiseta?

– Essa escrito MANHATTAN.

– Porra, foda-se, né, Zico.

– Você acha que alguém em Manhattan compraria uma camiseta escrito CENTRO DE SÃO BERNARDO?

– Não, né.

– E isso não te irrita?

– Não.

E terminou aquele ano, o Zico assumiu o bar, eu perambulei por outros empregos meia-boca, e a gente seguiu se vendo de final de semana, quase todos, pelo menos até terminar a faculdade, mas a gente vai ficando mais velho e não é que vai necessariamente amadurecendo, eu acho é que vai cansando de pensar em tanta coisa mesmo, ou ao menos vai fazendo de outro jeito, e aí nasceu o menino, fomos morar no interior, tudo muito rápido, e quando me dei conta já tinha meses, anos, que eu não pensava nessa história, até que sentado outro dia num quilo para jantar eu ouvi a conversa da mesa ao lado, que contava de um primo que para vingar a morte do amigo foi lá e atirou no cara e no filho dele na mesma tarde, horas depois, e tinham matado o amigo dele por nada, só foi pedir um isqueiro num boteco e foi morto, e era um policial novo na área que atirou no cara, enfim, daí esse outro, o primo, fez a vingança, ficou um tempão preso e parece que agora foi finalmente solto, mas apanhou tanto na cadeia que ninguém da família sabe direito como ele está.

Nos meus bons tempos, o Zico ia adorar ter contado essa.

cinquina

Chinelos, porque o pai só teve dinheiro para alugar uma casa do lado de lá da pista, não do lado da praia. Sunga, calção de futebol e camiseta velha. Livro de bolso num bolso, identidade no outro. Identidade na praia, vó?, sim, moleque, vai que é preso com esse cortante? Lata de Nescau vazia, três e cinquenta para um carretel de linha novo, varetas, papel de seda, rabiola feita na noite anterior. Não era fácil jogar cacheta e fazer rabiola ao mesmo tempo. Cerol. Que nome para uma combinação de pó de vidro e cola esquentados juntos numa lata de Nescau. Ce-rol. Ca-che-ta. Cerol. Cacheta. Quando crescer quero ser professor de português.

Quem dá as cartas?, geralmente quem pergunta. Rodam os dois baralhos pela mesa, tio Olavo, mãe, o namorado da Ana, a Ana, a vó, uma amiga da vó e eu. Dobro a sacola do Carrefour e seguro firme uma das pontas presas embaixo da minha perna esquerda. Vou cortando as tirinhas – mais finas para o começo, mais grossas para o fim – até que o jogo já deu a volta e chegou a mim novamente. Compro um ás. Descarto um oito. Tio Olavo bate com as dez em cima do oito. O namorado da Ana – chato do caralho – insinua que ajudo o tio. Ignoro e vou juntando as fitas de plástico que já caíram sobre a perna direita. Na demora do tio Olavo para comemorar a vitória, contar as pedras, ajeitar o baralho, dar um gole no rum e embaralhar, já abri as tirinhas para colocar em volta do pescoço. Faço dois cortes naquelas circunferências, primeiro na altura do meio do peito, em distância simétrica aos carocinhos das tetas; depois tirando do pescoço e acertando o ponto que estava na nuca, criando pedaços do mesmo tamanho. Chega o baralho, é minha vez de cortar, o coringa da rodada é o sete vermelho, logo na primeira mão um valete de paus clareia as possibilidades de vitória, estou por um dois de espadas. Minha mãe me oferece o dois, bati!, eu bati primeiro, pirralho.

É um filho da puta o namorado da Ana. Preferiria ter o pipa humilhado nos céus de Itanhaém a perder para esse cara no carteado. Mala do cacete. Cochicho no ouvido do tio Olavo, troco o copo de Coca pelo de rum, dou um gole corajoso, preciso ir na pia cuspir.

– Já matou alguém?

Hoje ainda não. Tio Olavo passa uma carta por baixo da mesa. Quero ver quem dita o jogo agora. A sequência vem perfeita, um coringa no colo, outro na mão, um trio de valete, dama e rei de copas e duplinhas prontas para sorrirem viradas aos céus. A amiga da vó, para ajudar, descarta o quatro de ouros milimétrico. Bati! Silêncio. Bati, porra. Tio Olavo me dá um tapinha na cabeça, o namorado da Ana solta uma meia risada, você roubou, moleque, mas vou deixar passar, eu roubei?, eu roubei?, roubei o teu cu, olha a boca, Antônio!

Deito no sofá para terminar a arrumação para amanhã. Tio Olavo me acompanha, tá dando bastante pipa na praia aqui da frente?, tá sim, tio, por quê?, amanhã tava pensando em te levar numa outra, mas tem de sair cedo, beleza, vamos, vamos.

A gentalha se debruça em frente à televisão para assistir A Próxima Vítima. A gente se dividia ali, definitiva e eternamente.

BINGO VITÓRIA

Conversa, a história da praia. Meio-dia de domingo, um bingo de Natal valendo mil contos ao primeiro que completar a fileira, o salão cheio, todos contra ele, a única opção é ganhar essa porra, me pega outra cerveja lá, moleque. Concentração total na rodada do milão.

O Tio Olavo adorava jogos, apostava por tudo, me empurrava desafios o tempo inteiro, e naquela vez ele pregou uma boa no intervalo da jogatina, ô, moleque, se você soletrar a palavra cinquina eu te compro uma pipa melhor que essa coisa velha e rasgada aí, vai...

– T, I.

– Que T o quê! É letra C! Cinquina! Cinquina!

Voltei para o quintal, o tio jogou o cigarro no chão, destacou mais uma cartela e acompanhou com a boca o estalo do anel da latinha, plá.

Daquelas férias de final de ano na casa da praia, Tio Olavo só conversava comigo sob o conforto de três assuntos: primeiro, os jogos, claro, garantia que ia fazer do sobrinho o jogador de baralho mais sinistro do litoral sul. Tinha também a Linda, a tia, que o deixou uns meses antes e era razão para ele ficar reclamando baixinho, a Linda, a Linda, por quê?, por quê? Ainda era um completo tarado por literatura e vivia contando histórias de que todos os grandes escritores eram loucos, prestes a entregar a vida pelo que quer que fosse.

– Gê, quarenta e sete.

Ele se ajeitou na cadeira de plástico e comemorou por não estar tão gordo, puxou o chinelo para debaixo dos pés, voltou a dobrar a calça de agasalho acima dos tornozelos, fazia um calor daqueles, a camisa que ganhou da Linda ensopada de suor, Linda, doce Linda, como é que tudo terminou daquele jeito, meu amor, sem nem poder voltar para buscar a coleção do Hemingway?, pobre Hemingway, um fuzil de caça e...

– Gê, cinquenta e dois.

Encarou a moça que retira as bolinhas da gaiola. Já o fez antes mesmo de ela esticar o braço e escancarar o número frente à mesa, 52, e ainda que tio Olavo fosse quase que cego sem os óculos, inexplicavelmente pendurados na gola, ele franziu a testa, forçou os olhos e me soprou: não é a cara da Linda mais jovem? Eu abro os braços e balanço a cabeça negativamente, sei lá como era a tia Linda jovem, oras.

– Gê, quarenta e nove.

Tomou um gole d'água e coçou a cabeça, calado, e eu lembrei que sempre me contava a história da dose letal do Quiroga, era água, tio?, mas ao firmar as mãos para segurar o copo de plástico acabou molhando as pernas da senhora ao seu lado, segura essa merda de copo, seu velho bêbado!, só a Linda me chamava de velho bêbado!, princípio de confusão, sorteio parado, panos secos para enxugar a coroa, eu me recolho nos meus próprios braços.

O Tio Olavo com três de três pedras. Meu pai contava que o irmão era o mais sortudo homem que já conheceu, desde que não satisfeito em ganhar a primeira televisão a cores da cidade num sorteio famoso, deu dez anos e ganhou também um carro, zero, no mesmo supermercado à beira da avenida. E não desconfiaram? Olha...

– Gê, cinquenta.

Passou a mão sobre uma movimentação estranha dentro do próprio estômago, a garganta se amarrando, as paredes da boca se contorcendo, tremia, não havia força para falar, muito menos para engolir, Tio Olavo à beira de alguma coisa ainda indecifrável para um menino de nove anos.

– Atenção: Gê, cinquenta e quatro!

Saiu correndo lá do fundo da mesa retangular, tropeçando naqueles poucos metros entre seu lugar e a frente do salão, acho que ele me procurou com os olhos molhados enquanto a garota com a cara da Linda conferia a cartela cantando baixinho, quarenta e sete, cinquenta e dois, quarenta e nove, cinquenta e cinquenta e quatro, ganhou, uma salva de palmas para o senhor, qual seu nome, senhor?

Um chinelo no pé e outro perdido na corrida, a calça, ainda com as barras dobradas, agora já deixava a bunda à mostra, a camisa ensopada de um suor gelado, que pingava da testa e ia estalando, gota por gota, no palco de lata, pá, pá, pá. Desabou.

– Você está bem, senhor?

Cheguei mais perto, mas um tipo de caseiro fazendo uma de segurança me impediu de encostar no palanque improvisado. Tio Olavo se levantou, procurou pelo prêmio, eu só quero a mala com o dinheiro!, eu só quero poder ver a mala com o dinheiro!, a garota com a cara da Linda aponta para o canto do palco, ele cai novamente, as pernas já não respondem mais, você está bem, senhor?, cala a boca, Linda!, Linda, quem é Linda, senhor?, cala a boca, meu dinheiro, meu dinheiro!

Rastejou, alcançou a mochila de pano inteiramente preta com um laço vermelho que amarra as duas alças e suspende uma pequena placa dourada, BINGO VITÓRIA, tentou abrir sem sucesso, como abre?, como abre a mala?, quero ver o dinheiro!, quero ver o dinheiro!

A garota ajudou a abrir, obrigado, Linda!, quem é Linda, senhor?, para com isso, Linda, porra!

De bruços, ainda girou em minha direção, de novo, mas a visão passou reto, me atravessou e foi buscar um nada às minhas costas, até que se perdeu no enfiar da cabeça dentro da mala, os poucos cabelos caídos para fora, a testa já grudada num maço de notas de dez, os olhos contra mais bolos de dinheiro, a boca, o queixo, o pescoço sufocados.

Agarrou o zíper com a mão direita e esticou as canelas pela última vez.

caixote

Pai chegou com o caixote de compras, ô, paulista, era assim que ele voltava da cidade. Calçados para meus irmãos, roupas para mãe e comida para casa. Dessa vez, tinha um presente em meu nome, olha só, eu, feinho, caçula, cinco anos de idade, aquela barriga de lombriga, que mais eu podia querer? Mas será que seria finalmente a botina? Eu tinha um desejo de maluco por botina, os meninos da escola de botina, os homens na rua de botina, as vendas das ruas com as botinas nas prateleiras, as botinas saltando em meus olhos, aquela caixa, o pai...

Mas a botina eu demorei mais um tantinho para ter, era a sanfona. Pequena, mas barulhenta que só, a bicha. Eu toquei, toquei, toquei, e olha que era tempo que criança podia passar nem perto de conversa de adulto, e toquei, toquei, toquei, e você já pensou, moço, achar uma tampinha de garrafa na rua.

– Pegou onde isso aí, Denilson?

– A vizinha jogou no chão, pai.

– Ela te deu isso aí, Denilson?

– Deu não, tava no chão, meu pai.

– Então volta lá e põe onde tava, Denilson.

– Mas, pai...

Não, essa última fala é mentira, não tinha essa de *mas, pai*, eu já tomava meu rumo quieto e sem companhia para levar a maldita da tampinha lá no mesmo chão de terra que ela se perdeu.

E tocava, tocava, tocava a sanfona, e com sete anos uma dupla sertaneja sentada ali, no mesmo restaurante que a gente sentava, eu, pai, mãe, não, a mãe não, era meu irmão, eu, pai, meu irmão, então a dupla veio e pediu para me ver tocar, eu levantei e arranhei ali mesmo, pouquinho só para quem tocava todo dia, mas bastante para aqueles dois.

– Nós vamos levar o menino.

(silêncio na mesa)

– Vamos levar o menino para tocar com a gente, moço.

(silêncio na mesa)

– A gente manda um dinheiro pro senhor, um salário pelo trabalho do menino.

E eu não fui, mas não largava mãe e pai de jeito nenhum, ô moleque para gostar de mãe e pai, mas arrependo não. Naquele tamanho de caixote da botina que virou sanfona, precisa de umas mil viagens para caber meu amor e minha gratidão a eles. Eu toco é para mãe e pai, desde aquele dia.

Vai, vai que já tão subindo, paulista. Bota aí que meu nome é Denilson, quase quarenta e um, profissão homem do mundo.

no inferno é sempre domingo

Eu quero falar com o gerente, qual o problema senhora?, eu liguei na loja e me disseram que o Direito Penal Básico I era cento e vinte e nove e eu podia parcelar em cinco vezes, aí eu reservei, né, mas chegando aqui era cento e cinquenta e nove e só podia parcelar em duas vezes, eu tô cansada de ser enganada, de ser feita de trouxa, eu vim até aqui com um preço combinado e agora mudam, tô com o saco cheio disso, de ser tratada desse jeito, de pensarem que eu sou idiota, de olharem para a minha cara como se eu fosse uma imbecil, chega, sério, não dá mais, já me mato tentando pagar essa faculdade e agora quando vou comprar um livro, o único que me sobrou uma grana, que a professora garantiu que é importante, bem na área que quero seguir, que não tem na biblioteca, que gastei um ônibus e um metrô para chegar aqui, o senhor pega ônibus?, vocês ainda me dão uma dessa.

Trabalho na livraria tem quinze anos ou cinquenta, mas não perdi as contas. De terça a sexta, vendedor na área de literatura nacional, às segundas, balcão de reservas, e em algum lugar no meio disso, agora também gerente de vendas não-físicas. Cascata das grandes, aumento?, aumento só ano que vem, por enquanto só bucha. Ela falava tão alto que virou até apelido para sempre que dá uma zica com livros separados por telefone, ô, Pedrô, dá um pulo aqui no balcão?, que pegou?, *direito penal*, vish.

É claustrofóbico viver em São Paulo, imagina trabalhar. Ainda que, sendo honesto com minha puberdade, na virada do século eu mantinha um ânimo inocente de avenida Paulista, *bug* do milênio, os carros logo iam voar do Paraíso e descer já na Consolação, imagina que privilégio cruzar a Angélica quando os bípedes do terceiro mundo começaram a andar com aparelhos de celular nas mãos, eu estava dentro da nuvem do bluetooth, do filme do Kubrick, eu era uma propaganda de carro japonês contornando o Ibirapuera, os amigos da infância me perguntando se na minha rua tinha gente falando em inglês, *yeah yeah*.

Virou depressão, claro, que no fim nem foi tão ruim assim, falando hoje, óbvio, já que foi graças à doença que conquistei a folga fixa aos finais de semana. O primeiro da história da empresa, os dias de liberdade firmados em ata médica, letra indecifrável, até *tempo indeterminado*, episódio que ainda hoje divide as prateleiras entre as invejosas, onde já se viu, o Pedro, esse caipira, devia mofar na fileira de autoajuda, e o fã-clube, Pedro, Pedro, seu vagabundo bom de papo, qual o segredo de tanta milonga recompensada nessa vida torta que você arrasta?

Desde clinicamente curado, tem dois meses, o psicólogo me ajudou a entender o que poderia me tirar daquele casulo, depois da já citada ação direta – o rapaz nesse nível de estresse precisa trabalhar menos. Largar a labuta era inviável, e logo me veio o crachá da gerência, se tornou impossível, o turno é de meio-dia às dez, tá louco, eu não acordo cedo nem a pau, e depois do expediente só resta cerveja, parar de beber?, tsc.

A LOUSA DO CAFÉ

Qual a senha do wifi?
R$5,00
Qual a senha do wifi, por favor?
R$3,00
Qual a senha do wifi, por favor? (com sorriso no rosto)
De graça! Gentileza gera gentileza.

O PRIMEIRO DOMINGO LIVRE: O CAFÉ

Não é fácil ser sociável com mensagens pós-capitalismo. São Paulo cansa, bicho. Fosse na Fazenda Amália, eu daria gargalhadas diante de uma lousa dessas, eu seria a graça, o café, o constrangimento, mas aqui tudo é conteúdo, posicionamento, sorriso por wifi?, tô fora.

É um balcão de lanchonete, região abastada da capital. Ao meu lado esquerdo, uma mulher perto dos trinta me pergunta se o meu é o sanduíche de salmão, sim, é sim, nossa, tem bastante salmão, né?, é caprichado e sempre peço esse, já que não como carne nem frango.

Ela oferece um sorriso de fim de papo e saca dois celulares da bolsa, o primeiro ela estica na tomada e telefona para alguém, você precisa conhecer uma hamburgueria que eu tô!, o segundo, finjo não perceber, ela usa para fotografar minha mão segurando o lanche.

À direita, um rapaz de uns vinte e cinco senta e é abordado pelo garçom, mas recusa o cardápio, saca o celular, abre uma conversa de whatsapp e mostra a foto de um prato, eu quero esse!, ah, esse é o barbecue-bla--bla-bla, espera aí, pressiona a tela e manda um áudio para o grupo: mano, esse é o barbecue-bla-bla-bla?, o garçom aguarda, em coisa de dez segundos vem a resposta, também em som, compartilhada ao pé de ouvido de ambos, ele e o garçom: ah, esse mesmo, esse rango é foda, mano.

O garçom se afasta, o pedido está feito, quando a mulher o puxa pelo braço: teria outra entrada para o aparelho sem bateria?

ESQUINAS

Como seria a reação quando cruzasse com ela por acaso? Visse de longe, talvez daria tempo de atravessar a rua, estivesse de perto, não conseguiria pensar, encaro os olhos?, finjo que não vi?

Ela era tão bonita, tão bonita, mas me escondeu o rosto caminhando no Facebook, celular na mão direita, e nunca saberá que passamos um pelo outro, celular no bolso de trás, tarde demais.

O SEGUNDO DOMINGO LIVRE: FESTIVAL DE CURTAS

O Cine Olido tem o cheiro da casa da sua avó.

As escadarias que precisam ter espaço para homens esparramados com pé dobra perna dobra tronco dobra pescoço entre seus degraus, o mármore envelhecido do banheiro de saída apertada, as cadeiras de madeira de sempre, aquele recuo na frente da sala por onde entram e saem as pessoas.

Então os diretores se levantam, dois dos cinco filmes daquela tarde representados, um diz que pegou uma parceria com alguma faculdade na Europa e por isso conseguiu filmar por lá, o outro tinha um roteiro de longa que preferiu adaptar e rodar um curta de baixo orçamento, aquela coisa de TCC que deu *mais que certo* e tal.

Curta 1

Eu sento numa fileira sozinho, na metade da subida da única sala do Olido. Uma fileira atrás, cinco cadeiras à esquerda, um senhor faz um barulho tão alto quanto rítmico, uma dúvida entre uma bala de hortelã estalando no céu da boca e algum pigarro na garganta. Quatro fileiras à frente, três cadeiras à esquerda, outro senhor geme, alto. Arrisco que ele está bêbado e incomodado por não conseguir dormir, faz gestos, reclama consigo mesmo. Um cara do lado dele se revolta e pula duas fileiras para trás, carrega um pacote de salgadinhos de bacon, aqueles sem marca, num saco plástico, o filme é bonito, relação de uma garotinha com seu avô. Mas perco o final encarando o velho da bala de hortelã ou pigarro, preciso descobrir que porra é essa.

Curta 2

É uma bala. Entre uma ida ao céu da boca e volta à ponta da língua, a luz da sala se acende no intervalo para o segundo filme e estoura na lata daquele gominho verde de hortelã, é o filme da Europa, durmo.

Curta 3

Acordo com meu próprio ronco, o velho que geme finalmente dorme. O velho da bala de hortelã me encara, quem mandou eu olhar para trás?, a bala havia acabado, o filme começa com uma discussão entre um casal, acho, e plau, o som estoura em silêncio, só as legendas em inglês e as bocas se mexendo quietas, algum problema técnico, interrompem, pedem desculpas.

Curta 4
Uma molecada de sotaque gaúcho na tela, mas eu só consigo prestar atenção no cara de camisa polo que sobe e desce as escadas, será que é o diretor do filme que não funcionou? Lembrei que certa vez, na terceira exibição de um filmete que fiz num curso livre, meu grupo tinha ficado responsável pela projeção mas a galera saiu para fumar um cigarro, eu dei uma escapada para mijar e quando voltei topei com o Marcelo, funcionário do Cine Recreio, dizendo que o filme tinha travado. O curioso é que o Nelson, um personagem do documentário, estava na sala e foi ele quem avisou onde o filme tinha parado, metalinguagem pura, cinema 4D em pleno interior – o personagem virou assistente do projecionista ao ver o filme pifar exatamente no instante em que ele aparecia. Enfim, terminou o filme da molecada gaúcha e o velho já sem bala de hortelã me perguntou qual era aquele, eu fiz que quatro com os dedos e ele marcou uma nota qualquer na cédula de votação.

Curta 5
Bom. Uma velha, um maconheiro, diálogos da nossa vida cotidiana, o velho de trás quieto, o velho da frente dormindo, o velho que se afastou do velho da frente já sem o salgadinho de bacon, nós e o filme, definitivamente. Palmas.

Curta 6, o ex-Curta 3.
Ninguém se levanta ainda. Era para ser a volta do terceiro curta, o que falhou, e o diretor, que era mesmo o cara de camisa polo que subia desesperado, pediu dez minutos para resolver o problema, tinha de haver uma saída para

arrumar o áudio, e a gente nunca sabe o que vai dar, sabem como é o cinema, o que você planeja na pré-produção às vezes não acontece, e o que você põe no roteiro às vezes não acontece, e a projeção às vezeszzzz... Mas ele ficou lá embaixo mexendo no celular e aquilo foi me incomodando, ainda mais aos velhos, imagina, velhos não suportam cineasta mexendo no celular enquanto o próprio filme não está funcionando, e os jovens precisam entender que mexer no celular para fingir que está fazendo alguma coisa não engana um velho que chupa bala de hortelã no Cine Olido, acorda! E retorna mais tímido, olha, pessoal, realmente não funcionou, minhas desculpas e obrigado por esperar, mas o filme será exibido amanhã no MIS e segunda no Cinesesc, eu olho para trás e dou ouvidos, é foda, né, computador é tudo uma merda, na minha época era no rolo, na película!, só concordo com a cabeça. Imagino que nem fodendo esse velho um dia vai até o Cinesesc, muito menos ao MIS. Na saída, ainda o vejo esbarrar num vendedor correndo com caixas da Galeria do Rock, torço para o Cine Olido nunca virar uma arena multiuso e para o velho que gemia não ter dormido para sempre.

NO METRÔ

– Queria ter ido no show dos Stones, mas tô sem grana.

– Eu tirei umas fotos.

(Já enfiando a tela na cara)

O TERCEIRO DOMINGO LIVRE: A VÁRZEA

Saiu uma falta na meia-esquerda e eu pedi para cobrar, deixaram por dó, o Pedro anda meio doente, agora ele bate as faltas. Ajoelhei junto à bola e rezei, me dei conta que esqueci a segunda parte da ave-maria e desconcentrado pela amnésia levantei e soltei um balaço no ângulo. Gol, porra, ave, maria, que pancada. O juiz mandou voltar. Não tinha apitado ainda.

Fui bom de bola. Aos seis, campeão municipal fraldinha, será que ainda chama fraldinha a categoria dos meninos de seis anos?, hoje são tão espertos logo cedo, eu nem ligava de ser chamado de fraldinha e agora com seis anos os moleques sobem vídeo no Youtube, têm mais perfis que pelos no corpo, fraldinha, fraldinha, fraldinha é a mãe, tio!, já deve ter um nome mais século XXI, o do fim da inocência, tipo um *beginners-6*.

Sábado após sábado, arroz com ovo e purê porque feijão me dá vontade de peidar, come onze e quarenta, sai de casa meio-dia e o jogo começa uma da tarde, e foi no terapeuta que eu me dei conta que o único lugar que eu me sentia em casa desde sempre era dentro de um campo de futebol, tinha lido num livro também que a saudade que sente o aposentado do esporte não é de chutar a bola ou de marcar um gol, é daquele estado de concentração que só o instante do jogo tem, você fazendo movimentos aleatórios dentro dum retângulo debaixo de sol e sem nenhum sentido, o lance lá longe e você sendo elogiado por uma corrida de sessenta metros em que não te passaram a bola, vai tentar explicar, mas é lindo.

Na segunda cobrança, quando o árbitro autorizou, chutei o chão, parei na barreira e me tiraram, o tornozelo voltou a chorar.

ARTROSCOPIA, TALVEZ

O fisioterapeuta lembrou de mim, estica a perna e faz três séries de quinze puxando o pé para você, foi, agora deita de lado e puxa, três de quinze, foi, agora do outro lado, puxa para cima, três de quinze, foi, fica de pé, apoia as mãos na parede, separa as pernas e se levanta de ponta de pé, desce devagar, três de quinze, foi, deita aí que vamos dar uns choques, quinze minutos tá?, vou pegar um livro, não prefere dormir?, qualquer coisa eu durmo, qualquer coisa me chama, te chamo se dormir?, quê?, esquece.

O QUARTO DOMINGO LIVRE: BLOCO DE CARNAVAL

Todo setembro pinga um e-mail na caixa, prefere trabalhar no Ano Novo ou no Carnaval?, ninguém responde, se ninguém responder eu vou sortear, ninguém responde, segue em anexo a escala de Ano Novo e Carnaval.

Acadêmicos dos Livreiros Mal Pagos, domingo, meio-dia, praça da República, eu preferia quando havia mais vergonha na cara, mas ai, Pedro, você não gosta de Carnaval, né?, gosto, Bruna, mas festejar a palidez do holerite na folga é dureza, né?, para de levar a sério, Pedro, é só brincadeira, vai ser divertido!, mas Bruna, *tudo* para você é divertido, deve achar até graça nesses livros de concurso aí.

Não fui ao bloquinho, entrava às duas, plantão de Carnaval é complicado, taxas de suicídio altíssimas, marmanjo com brilho na cara entrando na livraria só para vomitar no banheiro, mas a culpa é minha, que gente de bem trabalha numa loja de livros num calor de Carnaval?

Domingos têm o sol mais amarelo, a ressaca mais vertical, os passos mais lentos, nenhum cliente com pressa, todos estirados nas especulações com os nomes que leram no Guia da Folha, que saco o Guia da Folha, chega o final de semana e vem todo mundo perguntar do novo romance do queridinho da vez, branco, preferencialmente de Belo Horizonte para baixo, de Cuiabá para a direita, mas também nada de ter um pé lá na África, e que seja homem, tradutor e mestre em Letras, férias em Budapeste, Twitter contra o Aécio.

Tem Todo Canário Belga?, não seria *Nem* Todo Canário É Belga?, isso... Flávio Pereira da Costa!, na verdade é Moreira, não é Flávio?, sim, Flávio, mas *Moreira* da Costa, tem?, tem.

Aquela prateleira eu domino, sem falsa modéstia, toda pessoa tem alguma coisa em que ela é a melhor do mundo, diz meu pai, e ninguém aguenta comigo para achar livro na T14, T de térreo, 14 porque você conta outras treze da porta para cá, para os mais antigos a chamada Brasil, é que antes, num tempo em que era mais simples ser simples, onde nos perdemos?, as arrumações tinham os nomes naturais, Brasil, Internacional, Poesia, Infantis, mas eu não sei mesmo o que houve de um tempo para cá com o mundo, ficou chique se fantasiar de organizado, organizado naquelas, né, T14, que nome cretino para a estante de literatura brasileira mais fodida da cidade.

Tem, aqui. Mas quando puxei o livro de umas duzentas páginas, capa amarela com letras pretas, um pássaro em preto mais forte combinando com o negrito numa palavra do título, o nome do autor no topo, uma menção ao Jabuti mirando as costas do canário, a lombada branca, a palavra em negrito da capa vira vermelha na lateral, puxa do vermelho que detalha a frente, que ajuda a preencher as costas junto de trechos de críticas, caiu um papel de dentro.

O que é, Pedro?, assustei-lembrei que estava com o crachá e joguei o bilhete no bolso da camisa, não é nada, anotação de cliente que enfiou no livro e não levou, mais alguma coisa?, não, só isso, obrigado.

Me refugiei atrás dum computador, contei curiosos a mais de quinze passos de mim e saquei o pedaço de qualquer coisa para ver com calma, era ingresso para o show do Moraes Moreira no SESC dali algumas horas e um escrito de lápis, no canto, te encontro lá, dava tempo de eu encerrar o dia e correr, mas correr?, deve ser trote, fechei o catálogo, dei uma busca escondida MORAWS MOREISA SESC DOMNGO e sim, pingou no topo da tela, unidade Pinheiros, às nove.

Pulei o almoço para sair mais cedo, valeu, Bruna, pintou uma parada importante, te devo uma, *mais* uma!, e entre o patético e o sublime tomei o metrô, desci no Largo da Batata e virei um rabo de galo, outro para viagem, corri um pouco na garoa e já dei com a porta aberta, fileira A, assento doze, lá na frente, boa, as cadeiras doze e treze vazias, a onze com uma criança, então ela ainda não chegou, ela?.

Entrou o Moraes Moreira, eu com o queixo quase no palco, foi um bom show, e no metrô meu bilhete único piscou sem saldo, a fila para recarregar dando quase na escada rolante.

a última vinda

* a última vinda surgiu de um roteiro para cinema escrito em parceria com Everton Oliveira, cuja idealização é dele.

Djaló enxuga a testa, estufa o peito, solta as pernas que não consegue manter paradas, respira com elegância e sorri, sorri muito diante do que resvala em seus ouvidos, a maioria num português que ele ainda pouco compreende. Reclamações em série, o preço do busão, o patrão que não aumenta o vale-comida, os banheiros entupidos dos botecos, as pessoas que trombam por andar com os olhos pendurados no celular, as enchentes a cada pancada de fim de tarde.

Centro de São Paulo é assim, ano de dois mil e vários, isso Djaló já entende bem, trinta e oito graus e três e oitenta o metrô. Mal chegou de Guiné-Bissau, já se pegou vendendo relógios, correntes e brincos numa caixa de veludo vermelha, concorrendo com os demais imigrantes de itinerário Avenida Ipiranga – Praça da República, um pulo na Roosevelt, quem sabe subir a Augusta ou se aventurar na São Bento. Esmagado pelo meio-fio, oferece uma pulseira a um homem gordo que só analisa a peça e a devolve, idem uma mulher de azul, que chega a vestir umas bijuterias, ou tantos jovens de uniforme de colégio que mal encaram o vendedor, apenas negam com a cabeça. A trilha é a óbvia, a cidade engolida pelos carros, as pessoas disputando a voz com a poluição sonora absoluta, de calar até fones coloridos que tapam toda a orelha – vendidos no caos, também.

Quando a noite vai calando o horário de verão, Djaló se recolhe no abrigo para imigrantes a caminho da Luz. Com alta rotatividade e pelo fato de todas e todos passarem o dia na rua atrás de trabalho e dinheiro, as amizades são poucas. No máximo, recortes de memória do país de origem são compartilhados depois do jantar, um professor de matemática do Haiti, uma motorista de caminhão da Bolívia, um cozinheiro da Nigéria, todos tentando se entender nos respectivos dialetos, quando não arranhando um francês, um espanhol, um português.

Numa dessas, surge uma vaga no Largo Paissandu, e Djaló mal se aproxima para já ser visto por um homem que logo atira, no susto, um jaleco branco na direção do novo funcionário. O dia consiste em fatiar a grande peça de carne de churrasco grego, as tiras caindo numa espécie de gaveta, ele abrindo os pães e enchendo de pedaços de carne, quantas for possível, de preferência exagerando a gosto do cliente. O imigrante agora vê São Paulo anoitecer comendo o lanche popular do centro, dois reais com copo de suco, à vontade para quem trabalha na bodega do Alemão.

Domingo é folga. Djaló, vasculhando o que lhe prender a atenção no galpão dos imigrantes, volta a remexer a caixa de sapatos onde guarda documentos, cartas, fotos. Num dos retratos, está de roupa social, abraçado ao pai e à mãe. Em outro, da mesma ocasião, é beijado por uma garota. A terceira fotografia tem ele com uns 10 anos de idade, carregando um bebê que segura uma bola. Estica as pernas na cama, ajeita o travesseiro e vaga o olhar no teto até pegar no sono.

Helena é uma advogada voluntária pela causa dos refugiados, a única brasileira de convívio constante no lugar, tem pele branca e cabelos negros, filha de portugueses e moradora do bairro nobre de Higienópolis, coisa de nem quinze minutos de bicicleta até o trabalho. Djaló se junta à mesa e apresenta os documentos necessários para o encaminhamento do pedido do CPF, principal função dela, mas diferente da maioria dos recém-chegados, tímidos e de poucas palavras, ele se interessa pelo livro que está na mesa, Os Sertões, lê no seu português de sotaque guineense. Eu li sobre o sertão antes de vir para o Brasil, mas sei que fica longe daqui, que ótimo que conhece, mas você veio parar num lugar onde a gente tá mais perto da praia que dos sertões, eu sei que é perto de Santos porque eu adoro o Pelé, nossa eu vou sempre para Santos que meu pai tem um apartamento no Guarujá, então você já viu o Pelé na praia?, sem chance!, mais chance que em Guiné-Bissau.

Logo cedo, a música das caixas de som já toma as apertadas vielas comerciais onde lojas, botecos, barracas e gente apressada dançam ao ritmo do funk ostentação – um homem veste uma placa vende-se ouro, um senhor abre e ajeita a banca de jornal, um adolescente expulsa um mendigo da porta de seu estabelecimento. Djaló começa o dia da mesma esquina, ritual cujo início se dá prestando atenção nas rimas do MC Markinho, parceiro de ponto. Renatinha, a vendedora de olhos puxados da loja de eletrônicos, contraria com um comentário qualquer sobre as letras do amigo de rua, por que não larga esse sonho de artista e vai trabalhar, moleque? Em relação a Djaló ela tem curiosidade infantil: quando é que você vai me mostrar a tal marca de sua turma, Dja?, mas ele desconversa, vão fracas as vendas na lojinha também?

Markinho tira da mochila um saco plástico com os folhetos divulgando o seu show, vai ser no final do mês, Dja, mas o colega logo se distrai com algum possível cliente perguntando o preço da pulseira. A rotina venda de relógios mais churrasco grego tira o tempo que ele teria para ir atrás dos documentos, nada que diminua os breves papos com Helena, que passa a lhe entregar livros e ouvir histórias sobre as belas praias da África Ocidental, você precisa conhecer o Arquipélago de Bijagós, tem a praia de Ilha de Sogá, eu não consigo imaginar que o Brasil possa ter um lugar bonito daqueles, quem sabe um dia, né?, quem sabe um dia.

Encosta um ônibus na porta do abrigo, primeiro desce uma senhora de cabelo muito comprido e saia preta longa, ela vai anotando os nomes dos novos chegados que surgem à porta, um a um, e esperam na calçada antes de terem o comando de entrar na nova morada. Djaló acompanha os rostos passando pelo degrau antes de tomar as ruas e dessa vez, motivado pelas conversas com a amiga, ele sobe rumo a uma área mais endinheirada da região central. Primeiro, toca a campainha de um casarão e um homem enfia a cabeça na brecha da janela, mas nem se dá o trabalho de perguntar o que é. Isso acontece por mais duas casas, até que uma senhora, do alto de sua sacada, avista o estranho andarilho e chama a polícia.

Djaló nem chega a terminar o lado direito da calçada quando dois policiais o abordam de forma bastante... policial, tapas por entre as pernas, empurrão por sobre o capô do carro, maleta com os produtos destroçada no chão. Roberto, dono de uma bicicletaria antiga na esquina em frente, assiste à cena de braços cruzados, estala os dedos e vai em direção à batida, eu conheço o cara aí, o africano, eu conheço o cara, pode soltar. Os militares aceitam a contragosto, resmungando para o antigo morador que inclusive chamam pelo nome. Essa última vinda desse povo não deu certo de novo, seu Roberto, tome cuidado. A viatura parte e Djaló não mede obrigados e elogios pela ajuda do desconhecido, que vai além, preciso de um ajudante forte na bicicletaria, o trabalho aumentou bastante, você vem?

O novo assistente chega cedo no primeiro dia, avisa que já dispensou o bico no Alemão, do churrasco grego, e oferece a Roberto o único relógio que sobrou do estrago feito pela PM. O mestre das bicicletas de Higienópolis, rolex de trinta e cinco dilmas no pulso, vai relendo as etiquetas de cada gaveta, abrindo e fechando todos potes de porcas e parafusos, repassando a tabela de preços, ensinando a postura para atender peões e patricinhas.

Djaló sobe os degraus da arquibancada do Pacaembu sem pressa, se vira para o gramado e vê o Santos já em campo contra um time do interior. Roberto é quem paga o ingresso e o copo de cerveja sem álcool, e sentados no ponto mais alto, atrás do gol do portão principal, conversam sobre o trabalho, a adaptação no Brasil, a vida em Cacheu, cidade costeira onde nasceu e viveu em Guiné-Bissau. Já é final de segundo tempo quando Roberto respira mais fundo, esse era o programa que eu mais fazia com meu filho, não sabia que o senhor tinha um filho, eu tinha, e o que houve com ele?, foi morto pela polícia, sinto muito, tudo bem, aliás desde então não gosto de deixar o galpão sem ninguém à noite, pode dormir lá em casa, no quartinho dos fundos da bicicletaria.

Encosta um ônibus na porta do abrigo, primeiro desce uma senhora de cabelo muito comprido e saia preta longa, ela vai anotando os nomes dos novos refugiados que surgem à porta, um a um, e esperam na calçada antes de terem o comando de entrar na nova morada. De longe, Djaló vê seu sobrinho Daren, lhe grita algumas palavras e corre em sua direção, carrega o adolescente pelo abraço, joga as coisas dele no canto e se sentam para conversar, o tio quer saber como foi a viagem, o sobrinho só repete a ideia de tentar ser jogador de futebol.

Ele corre, no horário de almoço combinado com o patrão, a uma loja para comprar uma chuteira, mas o atendente prefere seguir os passos de uma mulher, depois segurança e gerente se entreolham e compartilham um levantar de sobrancelha, Djaló pergunta o preço, essa é a mais cara senhor, e dá risada o vendedor, logo a do Neymar?, e gargalha o vendedor. Comprador novo, sai com a mais barata parcelada em três vezes num carnê.

Com o presente em mãos, procura Daren perto das camas, mas não o encontra, então sai com a sacola pelas ruas próximas e tromba com o sobrinho e mais três moleques de mesma idade, dois deles brasileiros, um também morador do abrigo. Daren, com um cigarro entre os dedos, brinca de bola com um dos colegas, enquanto os outros se distraem vendo um óculos e um boné. Leva uma dura bronca do tio, inconformado ao ver o menino fumando, mas ignora qualquer discussão e logo agarra o par de chuteiras, agradece, volta a brincar.

Na mesma noite, entram numa casa noturna de música que tenta estourar as caixas de som em torno do DJ. É a estreia de Djaló em ambientes do tipo, Daren também, e oferecem sorrisos para cada azulejo que brilha ao passar pelo facho do globo luminoso. Dexter, um malandro da região, está pendurado no balcão, e Dja resolve pegar uma água do outro lado do bar, em tempo de trombar Markinho que sobe para o palco e começa apresentar suas rimas. Apoiado num pilar, vê Renatinha se aproximar e partir para o ataque, mas ele se esquiva do beijo e circula escapando de Daren e Dexter, que bebem bastante. Contando os minutos para puxar o sobrinho e sair dali, Dja vira uma cachaça atrás da outra e quando vai ao banheiro encontra um homem tentando agarrar a amiga japonesa, quase beijando à força, força do soco de Djaló na cara do maluco, funk tremendo os vidros, outro soco, Markinho tremendo o palco, a turma jogada na calçada, os seguranças chamando a polícia, ele caminhando para casa.

A bebedeira para fugir dos problemas, o corte na boca é o relógio do segurança estourando em seu rosto, uma garrafa d'água seca num só gole e Roberto desconfiado, brigou?, só fui barbear, e o trabalho não anda rendendo por quê?, meu sobrinho, seu Roberto, a cabeça a mil, a cabeça cansada, Bicicletaria Roberto, boa tarde?

Uma ciclista moderninha com um pneu furado: Djaló encosta a magrela na mureta, tira as ferramentas da mochila, vira a bicicleta da cliente e dá de cara com um prego encravado no dianteiro, avisa que o remendo é rápido e tem a voz engolida por um som abafado dum carro que passa devagar pela rua. É Dexter quem dirige, alguém no passageiro e Daren, apertado com outros três meninos, no banco de trás, a senhora pode esperar um pouco, esqueci a cola, e pedala em disparada rumo ao centro, vê MC Markinho distraído com as costas na parede da loja de Renatinha e o cumprimenta com a cerimônia de um direto no meio do queixo, que porra é essa, Dja?, um chute no funkeiro já caído para voltar pedalando, chorando, para o abrigo, o chão lhe engolindo as pernas, o céu sufocando a cabeça.

Muito obrigado por me convidar para almoçar com o senhor num domingo desses, Roberto, já chega agradecendo o africano em sua polidez quase incômoda, e esse aqui é meu primo Daren, Daren, seu Roberto, seu Roberto, Daren. O menino se despreocupa com as tranqueiras jogadas pela bicicletaria, mas o velho italiano tem mais caixa para falar de futebol, novela, mulheres, você é bom de bola mesmo, moleque?, Daren cala, Djaló preenche o vazio, é, vou levá-lo num teste, peneira, né, vocês dizem, o menino é bom.

Um campo de futebol de várzea numa manhã de sol com uma centena de adolescentes e um só homem feito, este com prancheta em mãos e meia dúzia ou nenhum lugar no time dos aprovados, é a loteria dos brasileiros em começo de barba rala. O bolo de coletes engomados no chão de terra respira, os meninos ainda não, atacantes?, mãos se levantam, seu nome?, Marcos, vai no time azul o seu?, Miquéias, vai no azul também o seu?, Romário, nome bom moleque vai no vermelho, o seu?, Daren, Nigéria?, Guiné-Bissau, vai no vermelho também.

Nos dez minutos mais ligeiros da vida, Daren encosta na bola só três vezes e a chuteira nova ainda brilha, mesmo barata, quando no último lance, chance clara de gol, ele acaba tendo o chute travado por um zagueiro fora de forma, apito final, os coletes voltam para o bolo agora suados, e dos vinte e dois só os goleiros são convidados a voltar na semana que vem, os dois são grandes, têm postura e a bola nem chegou para eu ver, finaliza o treinador, com Daren já se levantando, tirando a camisa, saindo por um buraco na grade enferrujada e logo chutando uma latinha amassada quase escondida pelo mato a cortar.

O cômodo na casa de Roberto é bastante quente, o famoso quarto de empregada típico do bairro nobre, com espaço para um colchão de solteiro, uma meia-cômoda suficiente para as poucas coisas do africano, um recuo mínimo entre o rastro marcado pela abertura da porta e a parede, onde cabem os chinelos e o livro sobre os chinelos antes de dormir, e nenhuma janela, onde a alternativa única é a madrugada de porta aberta, ainda que seja invadida pelo som da televisão – o patrão dorme mais no sofá que na cama, ouvindo o corujão até de manhã.

Ao menos a casa, mal projetada, permite ao hóspede uma privacidade que surge por trás de uma parede inexplicável, que corta o espaço ao meio e compromete um melhor uso da planta. Do quartinho até a água na geladeira, Djaló anda e silencia por trás da parede, mesmo com Roberto dessa vez roncando no quarto trancado, naquela noite em que ele se virava na cama lembrando os lances do sobrinho no teste de mais cedo, por que não tocou aquela bola?, por que não alcançou o cruzamento?, e então surge um cano de revólver em sua cabeça, é um homem encapuzado que logo pede para ver o dinheiro do caixa, mas Dja reconhece o sotaque do bandido e o enfrenta, é ele mesmo, eles duelam aos sussurros, Dja teme o pior, fala baixo!, fala baixo!, Daren está irreversível em relação ao dinheiro, o caixa!, o caixa!, a grana em mãos e uma fuga pela porta da frente.

Djaló chama a polícia, Roberto acorda com as vozes e os homens da lei se espantam com o fato de aquele negro vendedor de relógios estar morando em Higienópolis, é sério que ele tá aqui seu Roberto?, sim, e por um acaso esse bandido que você não reconheceu falava um português brasileiro?, sim senhor, olha, vamos dar uma olhada na câmera da vizinha, aliás, seu Roberto, morando aqui, com comércio na garagem e sem câmera, para não falar do cuidado com quem abriga debaixo do seu teto...

Estremecem as mãos de Djaló a cada chave de roda que precisa segurar firme, anotações começam a ser esquecidas, trocos acabam mal conferidos, clientes reclamam em mensagens por celular. Olha, meu amigo, infelizmente não tenho boas notícias: esse vazamento no banheiro, sabe, vou aproveitar e quebrar todo o fundo, preciso do quartinho livre, além disso você tem visto, o movimento anda a passos de tartaruga, e não vou conseguir seguir pagando o seu salário.

A mochila nas costas é a melhor amiga para a primeira noite após a demissão e todos os faróis lhe mostraram o vermelho na caminhada até o centro, ainda não sabe ao certo se as coisas mudaram muito, mas a Renatinha logo o afaga dizendo que também tem novidades, fechou a loja, quer finalmente tentar fazer uma faculdade e vai, de preferência no interior, para sair um pouco de perto do pai. Ela segue contando enquanto pega duas cervejas no isopor de um ambulante, pendura para pagar depois, e vão até uma mesa de bar algumas esquinas à frente.

Uma, duas, três, quatro, cinco garrafas juntos, nunca tinham chegado a tanto e então se beijam, seis, sete, oito, se beijam e bebem intensamente ignorando o cantor de forró sentado ao teclado, as cadeiras sobre as mesas, o garçom atirando o balde d'água para esfregar o chão e o casal, quente, termina a noite num motel, 35 contos até as oito, é melhor que voltar para o abrigo, sem cama, a essa hora.

Nunca havia tomado café da manhã numa padaria, sempre aproveitando as doações e depois a estada na bicicletaria, mas até aí nunca tinha trepado com uma sul-americana nem com uma asiática, e aquela sexta-feira de manhã, o repentino amor nipo-brasileiro, o pagamento em dinheiro pelo último mês no emprego, a paixão tardia por um pão de queijo – bem melhor que o churrasco grego, bem melhor –, se tornava agradável, tragicômica, preparando o voltar para perto de outros imigrantes. Mas em frente ao serviço de Renatinha, uma aglomeração os impedia de alcançar o portão, está lá o corpo estendido no chão, coberto com jornal, curiosos bicando o morto e Djaló furando filas para caminhar em meio à multidão e conferir, no reflexo de olhar, o braço caído descoberto pelas notícias de ontem, a marca de sua família, a mesma que carrega à mesma altura também do lado direito, abaixo do ombro, e chora, desaba a chorar, mesmo que retirado de cima de Daren.

No abrigo, é ele quem avisa da morte do sobrinho, recolhe suas coisas e libera a cama para os tantos que chegam a todo tempo, dobra as camisetas numa sacola, cuecas, bermudas, calças em outra, mede a chuteira na sola do pé, mas oferece para um menino no colchão ao lado. De volta ao instante em que conheceu o cheiro da selva cinza, Dja imprime uns currículos na lan house do Carioca e aproveita para pesquisar os preços das passagens para Guiné-Bissau, os quinze minutos estouram nem terminou de carregar a página, dois reais com as cópias distribuídas em todos os botecos e buracos do centro.

Tá precisando processar o patrão, meu filho?, ou é caso de polícia?, precisa tirar o irmão da cadeia?, fala comigo! Ele já tinha visto aquele boliviano, ou colombiano, quem sabe do Peru que vestia terno e gravata qualquer que fosse o tamanho do sol apontando o chão da Ipiranga, tem algum trabalho para mim?, e o homem cai na gargalhada, trabalho?, eu não sou patrão!, mas tenta a sorte, sobe no prédio e diz que mentiu aqui embaixo.

Na sala de espera, a secretária pergunta que tipo de processo ele procura, e Djaló responde que prefere falar direto com o advogado, próximo!, mas a conversa mal ultrapassa a pilha de papéis na mesa de Fernando, um sessentão sujo sobrenome estampa o broche espetado no paletó. Ao sair da sala, a abertura da porta dá de cara com Helena, a advogada voluntária que mantinha expediente no abrigo, filha do dono do escritório que convence o velho: meu amigo é guineense, mas conhece esse centrão como poucos. Office Boy, Djaló, Djaló Santos.

Entre uma ida e outra ao banco, vai construindo com Helena algumas ideias para trabalhar junto aos imigrantes, e na saída do trabalho passa as noites organizando atividades com jovens, os sábados pintando paredes, os domingos apitando jogos de futebol. Nessas, cruza com MC Markinho depois de um bom tempo, sumiu, Dja, cola no meu show hoje, acho que vou sim, desconversa, já que é noite de jantar na casa da amiga e colega de trabalho.

Ao entrar no apartamento, próximo da bicicletaria e com uma abastada varanda de onde se tem a cidade por debaixo do nariz, Djaló é recebido por Fábio, um playboy de 30 anos, viciado em cocaína e hálito de uísque, à imagem e diferença de Helena, também rica, mas de uma paz digna de uma voluntária da causa humanitária, constrangida com a tensão com que o marido conduz a conversa na mesa, fala alto, gesticula, usa palavrões, não tem vergonha em gritar na frente da esposa que a secretária só faz merda, mas tem um rabão. A mulher de rosto corado, o visitante dando garfadas com a cabeça baixa, e o marido explode numa gargalhada após uma piada onde tinha um branco, um preto e um japonês no deserto, Djaló não reage, tudo bem, tudo bem, responde à bronca de Helena. Ela vai à cozinha buscar a sobremesa, Fábio vai atrás, e Dja assiste na brecha da porta os dedos do homem puxando os cabelos da mulher, mas disfarça quando o casal volta à sala, vou indo nessa que tenho coisas a terminar no abrigo, por favor fique ou não vai experimentar o bolo da Helena?... aliás lá no abrigo já levaram bolinho para os coitados?, e chora de rir para dessa vez a visita levantar e ir saindo, aproveita e sai da minha cidade também que eu não aguento mais ver vocês zanzando por aí!, em tempo de ele voltar e cerrar as mãos no pescoço do paulista, apertando até Fábio perder o fôlego, só retomado ao escândalo da mulher, chorando, que socorre o marido enquanto ouve Djaló descer correndo pelas escadas.

A casa noturna está muito mais cheia que naquela vez, e Djaló fica quieto quando perguntado pelo segurança se vai pagar para entrar mesmo com o show perto do fim. Dentro, nem chega ao caixa e já precisa se proteger de uma confusão, uma briga feia, de sangue no colarinho, entre um branco e um negro, expulsos pelo segurança que faz uma ligação no celular enquanto vê a boate se esvaziar, assustada pelas porradas e já no último refrão de Markinho.

Pode deixar que a gente dá um aperto no malandro, deve ter baixado no Glicério, responde ao rádio, sirene já ligada, os velozes e furiosos pegando as guias e levantando mendigos com cantadas de pneu. Djaló é o primeiro homem sozinho, andando em direção contrária à da noite de funk, e a mesma dupla de policiais, a que pegou o vendedor de relógio, o ajudante da bicicletaria, desce batendo o pé. Um deles já acerta um tiro na barriga do suspeito, que cai. No palco, MC Markinho atira o boné para os últimos adolescentes na plateia, em êxtase.

No abrigo, um menino de 13 anos ouve música brasileira num fone de ouvido e caminha pelas crianças jogando bola, adultos lendo, um casal discutindo, chega à porta do galpão, coloca os pés na calçada, faz 38 graus no centro de São Paulo, ele não tem para onde ir, mas estica o braço e confere que começou a garoar.

antônia

Na casinha da curva da Rua Mato Grosso se suportam Antônia e Adolfo num casamento de gavetas separadas, mas que já acorda na venda do Pedrinho atirando as moedas na bancada de ferro, uma, duas, três, quatro, várias, já sei, dona Antônia, um saco de leite C e cinco pães, como vai o Adolfo?, vai igual.

Naquela manhã encostou uma mulher jamais vista, procurando por um tal Armênio, ele é meio baixo, meio gordo, meio gago, tudo meio?, é que não conheço bem, é irmão do meu amigo, que ganhou na loteria e pediu para eu encontrá-lo, anda enfermo o meu amigo, quer que o irmão vá retirar o prêmio, tem certeza que não mora nenhum Armênio por aqui?

A Antônia jura que em mais de 70 anos já viu até assombração, outra vez uns meninos de faculdade chegados do Ceará fizeram vigília para esperar extraterrestres, tem também a história da noiva que todo dia dos mortos sai do cemitério e vai cantar no pé da igreja, mas olha, Armênio, moro aqui desde antes de ser gente, senhora, Armênio eu nunca ouvi nem cochicho.

Parou com o saco de pão e a sacola do leite no portão de casa e continuou dando ouvidos à moça duns 40, roupa de dia e envelope em mãos, que a essa altura já importunava os quase nenhuns pedestres da Mato Grosso com a Jesuítas, sete e quinze da manhã, calor de parecer meio-dia, ô, senhor, bom dia, já ouviu falar num tal de Armênio, mora por aqui, tenho certeza.

Um rapaz de uns 50, sapato e veste social, se apresenta corretor de imóveis, olha, eu rodo esse bairro é de tempo que eu me lembraria dum homem gago, ainda mais com esse nome de alta patente, Armênio, seu Armênio, eu repito e tenho certeza que nunca ouvi falar, mas qual é a prosa, senhora?

A moça explica a história, desta vez em detalhes: sou enfermeira, cuido dum chamado Luiz, mora mais lá pelo centro da cidade, mas acontece que o Luiz às vezes acorda indisposto, está ruim que só do estômago, e hoje quando viu o resultado da loteria no jornal me ligou eram nem seis horas pedindo que eu pegasse o bilhete e encontrasse o Armênio para que o irmão fizesse a retirada do prêmio.

O rapaz quer saber quanto vale a sequência, a moça diz que estão achando que é de duzentos mil, o rapaz afrouxa a gravata e reconhece o suor no pescoço, a Antônia acompanha tudo da calçada, o Adolfo, surdo, coitado, se contenta em voltar para dentro de casa com os pães e o leite, mas demorou, hein?

Olha, minha amiga, vai dizendo o rapaz, eu tenho uma proposta que a senhora fique à vontade para recusar, mas tem situação que só Deus mesmo para colocar em nosso caminho, esse dinheiro seria de muita valia para eu pagar uma cirurgia do meu filho pequeno, precisa porque precisa de uma ponte no coração, e eu lhe ofereço cinco mil reais, em dinheiro vivo e a cores, que por coincidência carrego nesta mala vindo de um depósito dum novo inquilino do prédio ali da Goiás.

Mas, claro, não poderia deixar de incluir a senhora que você encontrou primeiro, como é o nome da senhora?

– Antônia.

A moça encara o céu duvidoso, depois procura o chão atônito com a proposta, e logo é surpreendida com a investida de Antônia. Eu tenho cinco mil da aposentadoria no banco, entro com minha parte também, você leva os dez, deixa o bilhete e diz que te roubaram na frente da casa lotérica, isso é famoso, tem no jornal direto, gente que fica ligado em quem vai logo cedo trocar o prêmio, aliás, podemos ver o bilhete?

A moça engole a resposta, mas vai num caminhar tímido rumo à avenida enquanto saca o bilhete do envelope. Antônia, correndo, entra em casa, bica o café, ignora Adolfo, saca o cartão de dentro da Bíblia, Caixa Econômica Federal – Antônia Santos, e volta para a rua em tempo.

Vão caminhando os três e ninguém ouviu falar de história alguma de loteria, bilhete, Armênio, que Armênio?, e quando caem na principal já dão na quadra do banco, com a moça esperando antes da porta giratória, segurando a maleta do rapaz. Num súbito, Antônia resolve ao menos perguntar o nome dos estranhos que lhe acompanham ao pé da agência, mas a reação de virar para trás já soa tardia: o cano gelado que sai da mãos do homem, escondido pela manga do terno preto, alcança suas costas, firme como as palavras do então corretor de imóveis, isso é um assalto, senhora, nem pense em gritar ou desistir que eu atiro. Te espero aqui com a grana, está tudo bem.

Está tudo bem, está tudo bem.

Antônia chega no balcão e pede a retirada de cinco mil reais que vai usar para pagar a faculdade do neto, mas por que não paga pelo boleto, dona Antônia, vai andar com esse dinheiro por aí?, não, tudo bem, meu neto está me esperando em casa, aqui do lado, disse que em dinheiro tem um desconto, é, sei não, cuidado, dona Antônia, bom-dia.

Bom-dia.

Na saída, entrega o elástico com notas de cem para o rapaz, que ainda oferece um abraço efusivo, melhor assim, dona Antônia, nunca mais apareço por aqui, fique tranquila, a senhora foi uma ótima negociadora.

Já a moça vai atravessando a rua a caminho do ponto de ônibus, sobe logo no primeiro coletivo que encosta e corre pela via antes mesmo que Antônia tenha começado a voltar, o homem caminha na direção contrária, Antônia entra na rua de casa e já mira Adolfo, cadeira na calçada e copo de café na mão.

Saiu correndo, Antônia, foi onde?, fui em lugar nenhum, ô mania de se meter na minha vida, não é?, Adolfo, me erra!

Faz tempo que Adolfo dorme no quarto dos fundos, separado de Antônia que disse, à época, que queria mais saber de homem burro não. Corria o ano de oitenta e poucos e Adolfo, cinco mil dinheiros na sacola a caminho de quitar o material para a reforma da casa, esbarrou, na esquina da rua Mato Grosso, num homem alto, de fala bonita, roupa de doutor, parecendo vir de cidade maior.

a última cena

Toca o interfone às cinco e meia da manhã e é o Joel avisando que dois ladrões estão presos no elevador.

Na descida pelas escadas de serviço, vão se encontrando os recém-acordados. Seu Irineu, quem diria, medroso de tremer as pernas a cada degrau; dona Ruth, todos suspiram, desafiando a ponte de safena e correndo com uma faca de margarina em cada mão; a moreninha do 12, de pantufas, calça de moletom e blusinha de série de TV; e o surfista do 34, o rei da farra do Edifício Santa Rita, que não perde a deixa e desce com um Dreher.

No hall de entrada, pela primeira vez se vê Joel do lado de cá da mesa. Os moradores invadiram aquele recinto impenetrável para os mortais, habitado exclusivamente por porteiros, para conferir pelo monitor as reações da dupla de bandidos.

O elevador social é todo revestido de madeira e tem o painel e os apoiadores dourados. Não tem espelhos, mas um espaço surge depois dos botões do terceiro e do quarto andares, os últimos, antes da caixinha de som para a comunicação de emergência com a portaria. A brecha rende um pequeno reflexo suficiente para conferir o topete, a pasta de dente arrastada no bigode.

O quarteto se senta em frente à pequena tela para acompanhar cada passo dos invasores. Chegam os policiais.

Eu acho que, se precisar aumentar o valor do condomínio para botar uma TV colorida aqui embaixo, eu aceito, não tem condição vigiar esse mundo de hoje em preto e branco, resmunga a dona Ruth, levantando a bola ideal para o surfista, bêbado de conhaque, então a senhora paga a minha!

Começam as negociações, fone fora do gancho, entre a mesa do Joel e os trancafiados.

Olha, descarreguem as armas de frente para câmera, por favor, vamos facilitar!, ô, seu guarda, falando calminho assim os caras não obede..., me deixa trabalhar, senhora, aliás, por que não sobe para dormir?

Quase seis da matina e Joel vai embora, trocando o turno da portaria com Gilson, impedido de entrar pelos policiais. O Irineu acompanha dona Ruth na subida, a moreninha do 12 segue bem acordada e o surfista do 34, chapado.

A moreninha virando o Dreher em goladas, o surfista já se jogando, o Gilson espiando da porta, os ladrões estáticos.

O surfista chama a moreninha para a escada, ela logo aceita, e o policial se livra do blá-blá-blá dos bêbados. Ainda no primeiro lance, a moreninha apoia o surfista na parede, o surfista responde já tirando a velha bermuda de sempre, ele termina de abrir a camisa chupando por baixo da blusinha de série de TV, ela geme baixo, o policial ameaça ter ouvido algum barulho a mais, o surfista baixa a cueca e pressiona as cinturas, ele primeiro cai de boca, depois ela cai também, ela vira de costas, o tiozão sente a calcinha molhada, passa, tira, estoura.

Estouro. O elevador resolve despencar num momento de desatenção da equipe da PM, quando um ficou sozinho no hall e o outro foi avaliar as saídas para a rua. O fardado solitário dá de cara com a porta abrindo e sai atirando para dentro. A sequência deve durar nem um instante: o policial acerta um tiro na testa do que sai na frente, ao tempo que também leva a pior em cheio, no peito, e cai não antes de ainda furar a lata do outro rival, agachado.

Moreninha goza de susto. O surfista, o pau para fora, ainda tropeça no resto de conhaque antes de chegar à cena do crime, um elevador com porta estourada, três homens mortos no chão e a plateia, presa para o lado de fora, batendo no vidro que dá para a avenida movimentada.

A pane elétrica que derrubou o elevador desligou o botão que pode abrir o portão. O surfista, procurando as roupas, volta às escadas e ouve o último grito de dona Ruth. O seu Irineu, que não pode ver sangue, fica de longe e diz não saber da chave de emergência. O porteiro Gilson, seis e pouco da manhã, o sol já varando o Itália e batendo forte na São Luiz, reza um pai-nosso da calçada e grita aos céus pedindo demissão.

A moreninha sobe correndo, bate a história no notebook e apresenta uma primeira versão do roteiro no dia seguinte ao grupo de teatro.

CENA FINAL/PALCO DIVIDIDO

Depois de meses de ensaio, a peça A Última Cena é lançada e em poucas semanas se torna um grande sucesso. A moreninha do 12, protagonista e autora, se torna uma famosa atriz e roteirista. Do lado esquerdo do palco dividido, ela está contando a história num programa de entrevistas (apresentador na mesa, ela no sofá, ao estilo talk show); do lado direito, o surfista do 34 está impaciente no controle remoto quando topa com a ex-vizinha e para, num susto, curioso por assistir à entrevista na TV do seu apartamento na São Luiz.

APRESENTADOR DE TV

Eu gostei da parte que a sua personagem dá uma escapada com o surfista.

MORENINHA

É, é uma parte da peça que...

APRESENTADOR DE TV

É sério que essa história aconteceu com você? Como é que ele anda, aliás, como é que chama o surfista do 34?

O surfista, no sofá de casa, ouve um estalo no prédio, provavelmente vindo do elevador que nunca mais foi o mesmo, e também outro, da televisão que não suporta a queda de energia e começa a soltar fumaça. Ele leva as mãos à cabeça e não consegue ouvir o que a ex-vizinha do 12 diz – ou não – sobre aquela noite.

No lado esquerdo do palco, Moreninha e o apresentador seguem conversando de forma inaudível para o surfista, que agoniza no escuro do apartamento. As luzes do estúdio da TV vão se apagando, é o fim da entrevista.

FIM

O diretor do grupo de teatro termina de ler.

– É, é uma história.

– É só uma primeira versão.

– Interessante isso de terminar com ela sendo reconhecida como grande autora e atriz...

– Gostou?

– Ainda tenho dúvidas. Mas para uma primeira leitura acho que a Manuela ficaria ótima de protagonista no papel da Moreninha. Você poderia ser a dona Ruth, que acha?

Moreninha rasga os papéis do roteiro, atira para o alto e chora pela Ipiranga até o pé da escada escura do Santa Rita, elevador novamente em manutenção, cheiro de conhaque nos primeiros degraus, uma calcinha amassada atrás da porta que dá no hall.

buquê no guarda-roupa

Trocou todo o *rock & roll* por bossa nova, tirou aquele pequeno tapete da entrada feito de grama sintética que sobrou de uma quadra de futebol *society*, fechou as lixeiras que compartilhava com os vizinhos coreanos, pela primeira vez limpou o pó da maçaneta da porta principal, pendurou as bicicletas naquele suporte jamais utilizado, passou um pano no sofá que já foi branco, lavou os cinzeiros sem saber se ela ainda fumava, engavetou as coleções de revista Placar e os livros do Bukowski, trouxe para o primeiro plano a caixa do Kubrick, escondeu o dichavador, finalmente achou um buraco para enfiar as contas de luz e as sondagens do banco atrás de um novo cartão de crédito, organizou os discos, encabeçou a pilha com um achado do Tom Zé, cobriu a mesa de sinuca com um lençol azul e apagou o placar rabiscado na lousa da parede, NÓIS 6, ELES 4, CHUPA!.

Saiu para comprar um vinho e uma daquelas bandejas de queijo para petiscar, resolveu dar uma olhada nas flores ao descer o largo do Arouche, um buquê barato e bonito, a senhora com certeza entende melhor que eu, voltou por baixo, achou uma garrafa de um chileno no Extra da São João e fechou a sacola com um pedaço caprichado dum parmesão do norte da Itália.

Você já tem idade para entender a diferença entre um café bom e um café bosta, falava sempre o Edu, o melhor amigo com nome de melhor amigo e parceiro de pingado na República. No pé do Copan, meio quilo de Floresta, um bem suave, por favor.

Ela chegou: sandálias vermelhas, vestido bordô e o cabelo solto contornando o sorriso que ele jamais se esqueceu, puta que o pariu, três anos, três anos sem te ver, que coisa, Linda.

Passou uma longa temporada em Munique, os últimos seis períodos da faculdade de comércio exterior, e vivia agora os primeiros instantes de centro de São Paulo, veio de táxi?, nada, peguei o *transfer*..., toma um vinho?, nossa, tô caindo de sono com esse *jet leg*, mas aceito um café, tem café?

Seguiu para a pia enquanto ainda se acostumava com aquela cena, sim, era ela, a Linda, a Linda voltou, direto para me ver, depois de tudo que vivemos, depois de mal dar notícia por todo esse tempo.

Colocou a água para ferver, e aí me conta, tá falando alemão?, não diria que flueeeeeente, as aulas eram *in english*, mas me viro bem né, e você?, eu nunca consegui pegar firme desde que a gente falava no cursinho de aprender alemão só para poder ler Marx no original, lembra?, claro que lembro, que loucura, e sua mãe dizendo que não queria ter um neto comunista, aliás, que saudade dela, como ela tá?

Firmou o coador na garrafa térmica e tomou cuidado para que o filtro ficasse impecável, sem dobrar, e então colocar as duas, três, quatro colheres do Floresta, sobrepor a água e seguir ouvindo ela contar como eram lindos os parques na Alemanha, você precisa conhecer.

Puta que o pariu, ela voltou.

Olha, sei que acabei de chegar, mas preciso te dizer uma coisa, *baby*, tô muito feliz de tá aqui contigo, fiz questão de vir direto te ver, mas você precisa saber logo.

Preencheu as xícaras, intactas, jamais usadas, e desconversou com um açúcar? inútil, que bateu no escorredor de pratos, brilhante como nunca, e voltou sem resposta.

Eu tô casada... ele ficou por lá, mas tá para vir, precisava te dizer logo, para não criar expectativa, nem pensar que pode começar tudo *again*, sabe?

Deu um gole direto, amargo, e no reflexo de queimar a garganta esbarrou o braço na garrafa, o coador virado na camisa, o resto do pó grudado na calça jeans, uma parte do café escorrendo pelas pernas, outra gotejando direto ao chão. Um piso frio e branco recém-lavado precisa de uma gota de café para se tornar um piso frio e branco imundo, destroçado.

Eu tô *very happy* de te ver de novo, agora mais velha, mais madura, poder saber o que você tá fazendo, pensando, não quero me afastar, quero poder te ver, *ok*?

Virou para a pia e lembrou de quando a mãe descobria o futuro através da borra, um dia essa merda não tinha mostrado a porra do neto comunista? Teve raiva do meio quilo de café mais caro da República, do buquê mais bonito do Arouche jogado no guarda-roupa, da peça de queijo mais fodida do Extra que acabou estragando na geladeira, da garrafa de vinho mais cobiçada do último fim de tarde que ofereceu para o porteiro do prédio. Respirou fundo.

– Açúcar?

*

Nem lábios, saliva ou luz do sol, boca e olhos fechados de perder a noção do relógio. Estava nu, se cobrindo com o lençol e tendo arrepios do frio da manhã. Sede, mas quem dera os braços, dormentes, pudessem esboçar alguma reação atrás de água fria.

Todo o potencial do metro e oitenta e poucos derrubado na cama, falseando a dúvida entre uma segunda-feira a mais, uma segunda-feira a menos. Do tempo em que ela sumiu na queda do elevador, o estômago se mantinha em jejum, adormecido, que noite!, soprou irônico, antes de uma descida até a Roosevelt para se convencer que os grandes clássicos da literatura devem ter sido escritos numa manhã-tarde de ressaca como essa, pronta para derramar as primeiras páginas dum romance.

Pegou um DVD naquela barraca cult.

– Dez.

– Faz por sete?

– É dez.

– Tenho sete.

– Tá. Garoa boa para ver um filme, não?

– Não.

Teve uma surpreendente saudade do trabalho recém-perdido, uma vontade de logo retomar um emprego fixo, desejou um trânsito para enfrentar, uma missão muito importante e longa e densa e cansativa para fazer, uma atividade braçal, qualquer coisa que lhe deixasse por horas e dias imune ao olhar do zelador, ao rastro da Linda na cozinha.

Sonhou ter uma coluna num jornalão enquanto mais uma edição preguiçosa se juntava à pilha ao lado da lixeira da própria banca, reconheceu o sol sem piscar na subida da escada do metrô Brigadeiro exatamente como nos tempos em que ficava ali à espera dela, vestido bordô – rosa apagado, vai, bordô era um exagero poético.

Tinha hora marcada, um exame, às 15h.

FOTOCOPIADORA NA RETIRADA DE DOCUMENTOS

Fotos 3x4 na hora

RG

Não pode estar usando: tomara que caia

Carteira de Trabalho

Não pode estar usando: tomara que caia, regata, piercing

EXAME DEMISSIONAL

14:50

– Maria Aparecida de Almeida, sala dois!

Chegou suado feito um porco, o tênis sem meia fazendo subir um cheiro insuportável, a bermuda jeans assando o meio das pernas, a camiseta grudada com as costas molhadas, nenhum pingo de paciência, uma fila enorme para dar o documento na portaria da Cincinato Braga, sessenta e oito, sim, senhor, já tenho cadastro, e claro que o velho da frente tinha de protagonizar aquela cena de todos os prédios comerciais, passa o crachá, pensa que liberou e toma, bate com a cintura na catraca dura, um passo para trás, uma bufada de insatisfação encarando o recepcionista, outro passo para frente, agora mais lento, crachá encosta, respira, um, dois, três, quatro, plim, luz verde, bem-vindo!, outra bufada no elevador, cheiro de Marlboro Vermelho, calor, suor, São Paulo torrando a trinta e cinco graus.

15:00

– Faustino de Melo, sala dois!

Você gosta de plantas? Sim, mas na terra, não em vasos. Mas o que eu posso fazer se eu moro num apartamento? Você perguntou se eu gosto de plantas, não da sua vida.

15:20

– Por favor, seu Antônio, preenche essa ficha?

Toma remédio? Não. Tem deficiência física? Não. Não. Não. Não. Listou a coluna dois inteira sem ler o formulário.

15:30

– Gislaine Cunha Pereira, sala dois!

Como é que se emplaca uma história pedante numa revista falida, ainda mais em tempos de completo desânimo?

15:40

– Carlos Patrick, sala dois!

Celular vibra. Você tem um novo e-mail:

Caro Antônio.

No momento não iremos publicar essa pauta. Isso passou pela leitura de mais outros dois editores. De toda forma, valeu por nos procurar e fique à vontade para enviar novas sugestões. Abs.

15:45

– Sérgio Cunha, sala dois!

Celular vibra. Você tem um novo e-mail:

> Olá, candidato SR DA SILVA. Infelizmente seu texto não foi colocado no nosso banco de dados pelos seguintes motivos: 'erros gramaticais e mau uso do português'. Sugerimos que, após aprimorar

a sua escrita, nos envie um novo teste dentro de alguns meses. Obrigado.

15:50

– Antônio da Silva, sala dois!

Fala, Antônio, seu peso e altura?, não tenho ideia, mais ou menos?, não sei, não posso me pesar agora?, não, demora muito, fala mais ou menos, tá, põe aí oitenta e cinco quilos e um metro e oitenta e poucos de altura, um metro e oitenta e quantos?, não sei, você não disse mais ou menos?, usa óculos ou lente?, sim, está com lente?, sim, fecha um olho e lê a sétima linha para mim, G I L K J R S U, fecha o outro e lê de trás para frente, U S R J K L I G, boa, espera ali.

16:05

– Antônio da Silva, sala três!

Oi, Antônio, quer dizer que está de saída da empresa?, já saí sexta-feira, você fuma?, não, e não pratica atividade física?, pratico sim, é que assinalou que não, é que não tenho paciência para formulários, se quiser que eu coloque que sim..., coloca então, respira normal, agora respira fundo, puxa pelo nariz e solta pela boca, ótimo, usa lentes?, sim, gosta?, preferia não usar, usaria óculos?, preferia não ter de usar nada, né?, mas aí não ia enxergar?, ora, moça, onde eu assino mesmo?

16:15

– Antônio da Silva! Sua ficha, tá liberado.

Andou a Paulista toda. Anotou um telefone dum papel grudado no poste, HÁ VAGAS.

ENVIE UM TEXTO NOTICIOSO DE ATÉ 300 PALAVRAS

João Gilberto quebra silêncio com Hô-bá-lá-lá para Sônia Abrão, por Antônio da Silva

João Gilberto, 84, considerado o pai da bossa nova, reapareceu em apresentação pública após sete anos de sua última turnê, realizada em 2008 – os shows que seriam feitos em 2011, em comemoração aos 80 anos do músico, acabaram cancelados.

Após a repercussão dos vídeos postados na Internet em que aparece tocando Garota de Ipanema ao lado da filha Luisa, 9, João resolveu fazer uma participação relâmpago e surpresa no programa da apresentadora Sônia Abrão na Rede TV!. A atração foi interrompida (e surpreendida) por uma ligação do compositor em meio à repercussão da morte de um cantor sertanejo.

Entre o anúncio da apresentadora – "Parece que ninguém mais, ninguém menos que João Gilberto está ao vivo conosco, alô?" – e a queda da ligação – a produção ainda investiga se foi propositalmente causada pelo artista ou não –, se passaram apenas 70 segundos, que já colocaram o episódio na história da televisão brasileira e, claro, das excentricidades do mito.

– Parece que ninguém mais, ninguém menos que João Gilberto está ao vivo conosco, alô?

– Alô, Sônia. É João. Me põe no ar.

– Você está ao vivo para todo o Brasil.

– (...) É amor, o hô-bá-lá-lá, hô-bá-lá-lá uma canção / Quem ouvir o hô-bá-lá-lá, terá feliz o coração / O amor encontrará ouvindo esta canção / Alguém compreenderá seu coração / Vem ouvir, o hô-bá-lá-lá, hô-bá-lá-lá esta canção

(Tu-tu-tu-tu)

O barulho da queda da ligação interrompeu o clássico Hô-bá-lá-lá. Segundo informou a Rede TV!, não é possível completar uma ligação para o número (possivelmente) da residência de João Gilberto, e o porteiro do prédio onde vive o músico, no Rio, informou que ele pediu para não ser atrapalhado. Nas 24h seguintes ao fato, a emissora reprisou 72 vezes o minuto de João Gilberto no ar. Nas redes sociais, se espalhou a campanha #LigadeNovoJoão.

SOBRE MENSAGENS CORPORATIVAS

Caro Candidato (a),

Muito obrigado pela participação. Infelizmente, optamos por dar sequência ao processo seletivo da vaga de “““repórter 1””” com outros candidatos. Seguimos em contato assim que novas oportunidades surgirem.

Muito obrigado.
Chefia de Redação

ps.: adorei a historinha do joao gilberto kkk

TEM UM BUQUÊ NO GUARDA-ROUPA

É uma grande semana, chutado da revista ao fim do último fechamento e dispensado pela Linda na primeira hora da volta dela a São Paulo – além de uma calça e uma camisa sujas de café no canto do quarto.

Talvez ao menos pudessem ser bons tempos para voltar a escrever. Não dedicava uma sequência de noites para um trago em frente ao computador havia pelo menos um ano e meio, um tanto porque o trabalho na editora não só lhe tomava todo o dia como tinha atrofiado os planos literários – ninguém passa impune a catorze edições de matérias importantíssimas como as melhores formas de se recuperar da bebedeira (duas taças de vinho, geralmente) com um café turbinado (a orientação do chefe de redação em usar o termo turbinado em vez de reforçado pesou na frustração dos últimos meses, Antônio!, turbinado é o reforçado do cara *cool*!).

Nunca tinha levado a sério a ideia de oficinas de escrita, só de pensar naquela turma competindo quem lê Hemingway no original ou qual vai ser a primeira intervenção onde alguém vai dizer que aquilo é meio, sei lá, kafkiano. E tinha alguma dificuldade com os porquês daqueles textos, recusando os pedidos dos amigos que insistiam para conhecer a produção da madrugada e carregando a sensação de que o acumulado de pastas e mais pastas de coisas aleatórias jamais seriam retomadas nem publicadas, construindo um angustiante lixo privado, uma memória maldita, um passado que o prendia de forma irremediável, no mínimo difícil, indesejado sempre que ele se lembrava. Contos 2010, contos 2011, contos 2012, contos 2013, crônicas, diário sobre a Linda, fotos, fotos com a Linda, ideias de roteiro para documentário, ideias de mestrado, lista de filmes para baixar, lista de livros para procurar no sebo, lista de editais para se inscrever, pesquisa de futebol, poesias para mandar para a Linda, propostas de frilas corporativos, rascunhos de crônicas, relatos de viagem, textos para se ler num programa de rádio.

Abriu o diário sobre a Linda, três anos romanceando a distância de um oceano em mais de 140 páginas, preparou um copo de uísque e foi até o quarto buscar uma blusa. Tem um buquê no guarda-roupa.

MÉTODOS PARA SE LEMBRAR DA LINDA

Começou com ela me puxando para o meio da multidão. Do show de rua, noite na Avenida Ipiranga, eu mal me recordaria, porque o que ficou zunindo nos ouvidos era aquele toque de mãos inédito e surpreendente, que durou não mais que meia dúzia de passos entre os milhares que se acotovelavam por um lugar em que pudessem assistir a nós dois.

Foi o tempo suficiente para que eu percebesse que não conseguia me portar com espontaneidade – todas as reações eram única e exclusivamente voltadas a ela, e aí não tem zabumba nem vinho em garrafa de plástico escapando pelo isopor para distrair.

Trepamos com os olhos por toda a noite. Da manhã seguinte, contamos mais três dias para encontrar e levar uma cerveja na Paulista, o bar fechou, e o primeiro beijo escorregou até a saideira na Augusta, lua de quarta para quinta, véspera do Primeiro de Maio.

Fizemos planos apaixonados por toda a semana seguinte, confiamos poesias guardadas em cadernos do colegial, matamos aula para reunir promessas efêmeras como uma viagem para a Amazônia, descer a correnteza num barco-residência, dormir naqueles redários espalhados pela embarcação, seguir rumo ao médio Rio Negro, ao grande arquipélago do Mariuá e nadar com botos, conhecer aldeias, comer peixe fresco e ir até o Pará conhecer Alter do Chão, passar pela Ilha do Amor que guarda a história de um casal apaixonado que não pôde ficar junto porque o pai dela era contra, e de lá vamos ao Maranhão, onde se começa um caminho chamado Rota das Emoções, e lá temos o Parque Nacional dos Lençóis Maranhenses, o delta do Parnaíba, uma reserva ecológica no Piauí, e Jericoacoara, veja só, a gente começa a descer e Canoa Quebrada, São Miguel do Gostoso, Genipabu.

Logo a gente já estava passando a noite com a turma jogando dardos, partidas intermináveis, até oito da manhã, tanto que me faziam perder a hora das coisas lá no começo da noite, eu dormia o dia inteiro, acordava com as disputas na sinuca batendo na mesa da sala, vira e mexe uns matando bolas alternadamente até que eu pudesse abrir os olhos grudados para tentar alguma coisa já naquele fim de tarde de dia de semana, cachorros na rua, latidos por todos os cantos e eu, e ela.

Na nossa mesa preferida no Charm, estava o Edson falando que bebeu três dias sem parar e o Rai, um cearense fanático por Fórmula 1, contando como o filho destruiu os carrinhos da coleção. No último Natal, veio o moleque de quatro anos que mora no Cariri e pegou os seis favoritos (um grande de controle remoto, um médio também de controle, mas já com o controle sem funcionar, e uns quatro pequenos, aqueles de promoção da Ferrari em posto de gasolina) e quebrou tudo, prejuízo de seiscentos mengos. O que a gente não faz pelos filhos, né, me disse o flamenguista, e eu sei lá o que pensar, a Linda sorrindo de canto de boca e me empurrando o conhaque.

Nessa noite, quando eu voltei para casa, o Joel me perguntou por que eu não casava com ela logo, que essa coisa de um monte de mulher passando para cá e para lá na nossa vida não está com nada.

Antes de dormir a gente sempre passava pela estante de livros, ela primeiro perguntava se eu já tinha lido aquele monte de coisa de futebol, claro que não, mas vou lendo em pedaços de tempo em tempo, e aí ela se distraía num campeonato particular de capa mais bonita da estante da São Luiz, amor, essa edição antiga do Vidas Secas com a Baleia ou os carimbos coloridos do Flores Artificiais?, briga boa, amor, mas acho que vou de Graciliano, eu também, e colocava o vencedor na prateleira de cima.

Ela seguia folheando mais alguma coisa que estivesse jogada sobre a mesinha de madeira, enrolava um último cigarro e encostava na janela, a mão direita segurando o tabaco, a esquerda, o livro, enquanto eu aproveitava as últimas horas acordado para avançar mais algumas páginas de uma leitura atrasada.

E imagina se a gente pegasse um ônibus para Brasília, caísse para Minas Gerais em Sagarana e fosse a pé até a Chapada Gaúcha, andando e pousando por Morrinhos, Vila Bom Jesus, Fazenda Menino, Córrego Garimpeiro, Ribeirão de Areia até chegar no parque que leva o nome do livro clássico, o Grande Sertão. Um casal apaixonado tomando banho de rio, lendo Guimarães Rosa no cerrado enquanto descansa com as veredas ao fundo, os buritis nos olhando, eu encostado numa pedra de areia, ela com a cabeça em meu colo, eu com a mão em seus cabelos.

Jogados no chão da sala, eu e Linda topávamos com um filme-desculpa para desligarmos no carpete. O projetor estourando a Febre do Rato na parede, eu e Linda na penumbra.

A Linda como único motivo para viajar. A Linda enquanto literatura, a Linda enquanto cinema. A Linda feito sentido.

MÉTODOS PARA NÃO SE LEMBRAR DA LINDA 1

Na mesa um, o primeiro beijo, na televisão do bar, o Palmeiras, com o insuportável uniforme verde-limão, eliminado pelo o Sport com três gols do Romerito, goleada de 4 a 1 na conta e piada do garçom.

MÉTODOS PARA NÃO SE LEMBRAR DA LINDA 2
Insistindo no erro de não separar as paixões. O Palmeiras só precisava vencer o Grêmio no Parque Antártica para seguir buscando o título. Casa cheia, mais eu e ela, só que a Linda era Corinthians, prometeu não secar, tanto quanto nunca admitiu que só virou ainda mais Corinthians pelo fato de eu ser Palmeiras.

Vestiu calça azul e camiseta branca, e nada pode ser mais cruel com os deuses do futebol do que levar um torcedor rival forjado de camiseta branca, sorriso irônico a cada bola perdida.

O Palmeiras da minha vida já não existia havia mais de uma década, num tempo em que eu ainda acreditava que alguma força superior nos fazia, os de verde, enfileirar vitórias e títulos noite após noite, sábado após sábado, até que o Velloso soltou uma bola no pé do atacante do Cruzeiro na final da Copa do Brasil, eu larguei a catequese na manhã seguinte e nunca mais tive um deus.

A Linda sabia disso tudo, meio por cima, vai, como toda companheira de um fanático por futebol – meu ateísmo causado por um frango do goleiro, minha idolatria pelo Marcos, que ela veria de perto naquela tarde, e minha vontade de, se não tivesse nascido eu, ter sido o Edmundo.

Eram tempos outros, e nada foi capaz de evitar a catástrofe. Uma bola despretensiosa cruzada na área picou no chão e entrou direto; restou o Marcos abandonar o gol nos lances seguintes, ainda metade do segundo tempo, e correr ao ataque tentando o empate, em vão, para desespero dos que queriam que ele voltasse à meta, o que me deixava mais puto ainda, porra, se o Marcos não pode fazer o que quer na hora que quer, quem pode?

Por anos joguei a culpa do fracasso no uniforme verde-limão, mas o peso é todo meu, o convite à Linda, o Corinthians camuflado na velha camiseta branca, a presença de alguém que não ajudou soprar aquela bola para muito longe.

Jamais me perdoarei por aquele zero a um, meu Maracanazo particular.

MÉTODOS PARA NÃO SE LEMBRAR DA LINDA 3

Títulos do Palmeiras na Era Linda = zero.

FECHOU O DIÁRIO E FOI AO BARBEIRO

Quando se chega no salão do Felinto, se faz a barba com quem estiver livre, a não ser que você tenha maturidade o bastante para bancar um barbeiro preferido antes dos 30.

Não era fácil para ele lidar com o fato de os dois barbeiros da galeria do bairro ficarem rigorosamente empatados na sua preferência pelo nome que mais se enquadra à função – o jornaleiro é o Jorge, o padeiro é o Zé, a atendente da pizzaria é a Lúcia, a linda é a Linda, o barbeiro são dois: à esquerda, Amadeus, que quando larga a tesoura é para agarrar a Bíblia, à direita, Ranulfo, que tão logo se apresenta, crava – com esse nome, só conheço eu.

A relação dele com o cabelo é previsível e pragmática, cresce durante todo o ano e perto do verão vai ao nada, para então recomeçar o crescer livre até virar história na primeira tarde de suor no novembro seguinte.

Com a barba, vai além, com a barba tudo parece interessante, deixar crescer até não aguentar, fazê-la por completo, manter só o bigode, experimentar um cavanhaque, aparar, mas mantê-la representada.

E quando sai do Amadeus, ou do Ranulfo, rabisca umas linhas no Rei do Suco, onde insiste em perguntar do que que tem? só para ouvir o seguro tem de tudo! Tem de tudo. Um balcão com todos os sucos possíveis.

Algum sorriso desponta do outro lado do salão, ela toma um café, ele ainda sente o cheiro do corte da navalha.

em que lugar

E o eclético corredor levando pessoas às ruas e aos amores que vão aparecendo para que se mate saudade de casa, uma descida no parque e buzinas e pessoas tão paulistas para avisar que se está de volta, não que diga bem-vindo, nem recuse um aceno tímido, e bastou subir a avenida para vê-la sorrir e todas minhas teorias descerem na contramão, aqueles passos sem-vergonha, só eu, ela e a Ana Rosa ali atrás brigando com o Paraíso pela condição da melhor baldeação jamais vista, mas eu fico com o meio termo, ali na padaria com o mercadinho e um abraço forte, um beijo nem ao posto de gasolina nem à farmácia da Domingo de Moraes, onde o garçom desfila entre as mesas com suas garrafas entre os dedos enquanto tira um batuque na ponta do abridor no bico do casco, tin, tin, tin, sorri trazendo o pedaço de pizza com o paninho apagado sobre o ombro, um olho no celular e outro na televisão, avental sujo de mostarda, uma, duas, ali fomos virando homens pedindo um isqueiro às que param na esquina para descer em busca duma paixão de sexta-feira desde o colegial – ou às que sobem, lindas, exaustas, olha lá que o metrô já vai fechar, e parecia cena combinada, mas o que decidiu tudo fomos coincidentemente eu, a primeira mesa do boteco e o queijo quente mais caro ao sul do Equador, exatamente o mesmo encontro e jeito em que tudo começou, a mesma cadeira virada contra o sol, aliás, num dia parecido com o de três anos antes quase, e a última vez que eu havia escrito uma carta de punho tinha sido tão definitiva que passou a me causar espanto, tamanha a força do papel sulfite com letras de forma e caneta bic, ainda que menos trágico que uma solicitação formal de demissão, São Paulo, dia 20 de janeiro, sem aviso prévio, assinado o termo de desligamento voluntário.

Cinco e qualquer coisa da manhã, Rio Branco, capital do Acre, a saída do Hotel Loureiro teve quase o mesmo ritual de todos os dias daqueles dois meses, com a diferença que desta vez a gente não ia voltar dali a pouco e depois da Marechal Deodoro, Brasil e Ponte Velha tomamos a via Chico Mendes pela última vez ouvindo o Jabuti-Bumbá, meio sono meio coragem, meio preguiça meio alívio, um carro na mão e uma dor na cabeça, para em casa os amigos e colegas pipocando abraços e brindes e tudo voltando ao normal: a calmaria do rio que desce a Gameleira, rota boêmia da maior cidade acreana, agora vira luz, não o amarelo que ilumina a ponte que leva ao lado de lá da cidade, mas o vermelho das casas adultas e o dourado desbotado dos copos de cerveja barata refletidos naquela multidão que corre e pulsa como em lugar nenhum no planeta, porque numa pernada até Rondônia o calor queima, descasca o braço que sucumbe à direção interminável, resta só hora e pouquinho para o destino da primeira noite, e se num grito a gente se despediu noutro a faixa nove surge convocando as crianças para dançar, o sol se vai e o breu nos deixa balançando o pneu entre as pernas – triângulo, macaco, guincho, um prato feito no bem bolado dos fundos da borracharia e música baixa para dormir a última madrugada no Norte, Norte?, quem é que tem?, vá saber, enquanto alguém roncava no banco de trás e eu levava sozinho os cem, duzentos ou quantos quilômetros e o acostamento foi me acompanhando virando Mato Grosso, Mato Grosso do Sul, São Paulo, tornando volta para casa, devagar mas rapidamente.

É que logo no meu primeiro dia de aula em Galway, interior ou litoral da Irlanda, quando eu ainda morava com os Cubbard, eu saía para a escola quase às seis e a Mary repetia o *bye, love, don't study too much* diante do Mike me acenando, bêbado de Bud, e o Max latindo para os meus pés até eu chegar na Bridge Mills, olha, Mary, quando eu mexo o açúcar no café me lembro das suas dicas matinais, e marginais, dos seus arrotos também, lembro de Munique, onde o maior plano era ficar perambulando sem plano pelas avenidas, não muito diferente do que fizemos em Assis Brasil – o cu do país, vê no mapa, paulista! –, na tríplice fronteira: um rio e vira Bolívia, uma ponta e está no Peru, e experimentar ser turista na sua própria casa?, perguntar qual ônibus passa em frente ao sebo famoso, entrar numa banca de jornal para ver se vendem cigarros de palha, comentar no ponto vocês não acham que está muito calor para um outono?

Tirei a toalha molhada de cima do colchão para não acordá-la, e ela respondeu com um bilhete bonito de manhã.

Mas o Palmeiras foi a campo todo de verde no meu jogo de futebol favorito e eu me dei conta que não é tão difícil assim saber de onde se vem e onde se quer estar – o mundo é tão grande que a resposta é tão pequena ainda que o Santos esteja na frente, inteiro de branco, contraste com o luto da sala da casa dos meus pais que já foi virando aquele velório dos sonolentos jogos do nosso time todo santo domingo, às vezes não, melhor quando no clássico elegante desde os tempos de Divino e Pelé, mais um copo de café, uma mijada de porta aberta e um último puta que o pariu para um passe errado bastaram ao insuportável alviverde que logo virou a coisa mais legal do mundo, de novo e de novo e de novo, como suportamos?, primeiro, nosso gigante se macunaíma para subir feito centroavante que se respeita e empata aos quatrocentos minutos do segundo tempo; não satisfeito, os de verde-esperança partiram para o ataque e seria demais imaginar um roteiro de gol contra, bola devagar, chorando, morrendo na rede para o lamento virar euforia em virada de dois a um.

Naquelas noites, sempre elas, eu ficava na rua até bem tarde, mas voltava a tempo de ver os gols no Fantástico e escrever alguma coisa a madrugada inteira só para no outro dia minha irmã reclamar do barulho do teclado, pá, pá, pá, pá, pá, eu soltando a mão na barra de espaço, aquelas altas, para boas pancadas de dois dedos, pá, pá, pá, o relógio já apontando quatro da manhã e ela batia a janela do quarto de lá, PÁ, o trinco passando, e aí eu segurava a barra, escreviaumaspalavrasjuntas porque o espaço no velho teclado era um estouro mesmo, admito, deixava para revisar depois e nunca o fiz até que uma descida desde o Recife partindo ainda na terça de Carnaval, uma noite na Bahia, outra em Minas, e dois meses de Nordeste depois caímos na quinta-feira frustrante, a volta brusca, bem quando eu devia um texto sobre a ressaca, e desde então eu passei esperando um dia como esse, em que eu me visse atropelado por um caminhão na

São João, deitado num chão de aluguel, de sapato e calça jeans, com os pés gelados, as coxas amassadas, as articulações retorcidas, as costelas rigidamente acomodadas por entre os pisos frios, braços formigando, pescoço travado, um besouro morto dormindo dentro da minha boca e algo entre uma guerra civil, um bloco de Olinda ou um bate-estaca na minha cabeça, pesada, muito pesada, tanto que mal conseguiu ser levada ao espelho que foi encarado com um metro de olheira para cada lado e barba e cabelos transpirando de forma ébria, um bom-dia encarando a descarga, acho que é sentar para morrer no vaso.

Um conhaque, gelo e limão, por favor.

Eu preferia ter acordado com sexo oral, como naquelas manhãs em que um litro de uísque me impedia de abrir os olhos grudados nas lentes de contato na casa da Claire, o despertador soava com *Someday* e ela vinha para trás querendo trepar mais quinze minutos antes de ir trabalhar e me largar na vendinha, onde eu comprava um jornal, um saco de pão e uma caixa de leite, depois seguia até minha casa pensando em como administrar aqueles incômodos diários, e foi assim por toda a primavera, para nunca conseguir encontrar minha memória quando começava a tocar o religioso Strokes das seis e dez.

Mais um conhaque daquele, grande.

Também gostaria de não ter levantado hoje, mas agora já foi, e mais, me deixei recair – no ápice da dor de cabeça eu escrevi para ela uma daquelas simples mensagens de sempre – e a resposta foi tão seca quanto o último gole, bom, *errando é que se aprende*, a próxima eu vou mais longe, mato a garrafa antes de levantar da mesa e vou buscá-la no fundo do casco, agora imagina só, do alto do décimo terceiro andar, eu me acostumei a dormir com a varanda escancarada só para ter a desculpa de cobri-la a noite toda, e ela riu, mais uma vez, daquelas minhas promessas apaixonadas, virou as costas e foi embora, mas ainda estampa o sorriso, aposto, e já tem saudade do frio que cortava o Edifício Itália para nos alcançar, espero, se bem que já não faz tanta diferença assim, e ainda bem, a indiferença, aliás, havia sido seu maior golpe, e a resposta era essa, a melhor e única possível, calar e lembrar que todas as histórias de amor são um clichê, joão amava maria que amava josé, ela disse, mas se engana, e me engana, fria.

Vai ver a única coisa que mudou fui eu mesmo, porque bastou meia-volta para ver que tudo segue bem igual, o Acre se mantém longe para caralho, o Palmeiras continua sofrendo com a bola, São Paulo carece de espaço entre as mesas na calçada, o verão do Nordeste é o melhor lugar do mundo e as saudades estão postas, não importa o tamanho das janelas.

Para todos que me suportam e me suportaram; amigos de sempre pelas leituras de tantos tempos; editoras por se darem ao trabalho; família pela paciência; estrada pela parceria; palavras e estalos e companhia de João Guimarães Rosa, Clarice Lispector, Elomar Figueira Mello, Ana Cristina Cesar, Jards Anet da Silva Macalé, Waly Dias Salomão, João Antônio e Sérgio Sant'Anna nessas últimas manhãs e madrugadas de escrita: obrigado.

(Para eu não esquecer que esse livro foi escrito em São Bernardo do Campo, no centro de São Paulo e na Vila de Sagarana, de antes do nada até o final de 2016.)

Direção editorial SIMONE PAULINO
Editora assistente SHEYLA SMANIOTO
Projeto gráfico BLOCO GRÁFICO
Produção gráfica ALEXANDRE FONSECA

Dados Internacionais de Catalogação na Publicação (CIP)
de acordo com ISBD

P331s
Junior, Paulo
São Bernardo sitiada: Paulo Junior
São Paulo: Editora Nós, Edith, 2017.
112 pp.; 14 cm × 21 cm

ISBN 978-85-69020-24-0

1. Literatura Brasileira. 2. Contos. I. Título.

2018-867 / CDD 869.8992301 / CDU 821.134.3(81)-34

Elaborado por Vagner Rodolfo da Silva – CRB-8/9410

Índices para catálogo sistemático:
1. Literatura brasileira: Contos 869.8992301
2. Literatura brasileira: Contos 821.134.3(81)-34

Rua Funchal, 538 – cj. 21
Vila Olímpia, São Paulo SP | CEP 04551 060
[55 11] 3567 3730 | www.editoranos.com.br

Fonte NEWZALD
Papel PÓLEN BOLD 90 g/m²
Impressão FORMA CERTA